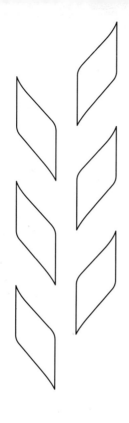

Les Essais

麦穗 至
成熟 饱满 时

[法]蒙田 著

裴泽也 译

北京联合出版公司
BeiJing United Publishing Co.,Ltd.

致读者的话——我将在文字中彻底自由

读者们请注意：这是一本诚挚的书！开篇我就必须提醒你们，我写这本书的目的很纯粹，只是为了个人及家庭，完全没有想去影响你们的生活，也没有想追求名誉和声望。那些都是我力所不能及的事情。我是为了给予我的亲人朋友方便才写这本书的。当我离开人世时（这事将在不久后发生），他们能够在书中重温我的音容笑貌、性情喜好和其他的一些特征，以便对我了解得更加完整、透彻，记忆得更加长久、牢固。如若只为哗众取宠的话，我完全可以字斟句酌，甚至矫揉造作，以达到给自己脸上贴金的目的。但我希望以一种自然纯真、朴实无华的姿态出现在你们面前，不附加任何的人为雕琢，因为我书写的是我自己的生活。我会在不冒犯公众的前提下，将我的不足，将我的稚嫩文笔，毫无保留地展现在我的书中。假如我身处的国度仍处在大自然原始法则之下，假使我可以自由自在，无拘无束，那么我向你们保证，我会乐于将自己完完全全地赤裸于文字之间。所以说，读者们，这本书的内容全部取材于我自身，你们不必把闲暇时光耗费在这样一本价值甚微的书上。再见！

蒙田

于一五八〇年三月一日

目　录

一

论忧伤

我是那种很少忧伤的人，尽管大家都对这种情感推崇有加，我却丝毫不喜欢，更不赞赏。人们习惯给理智、德行以及良知披上一层外衣，这是一种愚蠢以至恶劣的修饰。意大利人更是恰如其分地把忧伤称为邪恶，因为忧伤本来就是一种有害、荒谬、怯懦以及卑微的情感。斯多亚学派[1]不允许他们的哲人具有这种情感。

有个古老的传说：埃及国王普撒梅尼图斯被波斯国王康比泽击败并俘虏后，看到女儿从自己面前走过，她穿着波斯用人的服饰去为波斯人汲水。周围所有的朋友都伤心地流下了泪水，他自己却僵立在那里，默默无语，目不转睛地盯着地面；接下来，他又亲眼看见自己的儿子被敌人拖走、处死，仍然无动于衷；可是，当他在战俘的队列中看到自己的一个仆人时，却不禁捶胸顿足，流露出极大的悲恸。

无独有偶，最近我们的一位亲王身上也发生了这样的事

一

论忧伤

情。他在特朗特得知，作为家族荣耀和支柱的兄长遇害，不久后，他又获悉，作为家族第二希望的二哥也去世了，他以惊人的毅力承受住了这两次突如其来的沉痛打击。但就在几天后，一个仆人的死亡，却令他再也无法承受，难以自持，陷入万分悲恸与极度悔恨之中。有人据此得出论断：只有最后的那次死亡才真正地震撼了他的心灵。其实不然，事实上，听闻两个哥哥的死讯时，他已经悲痛欲绝，之后发生的哪怕一丝微小的刺激都足以摧毁他忍耐的堤坝。

我们可以用同样的道理去解析历史。有明确记载，当康比泽问普撒梅尼图斯为何对子女的痛苦无动于衷却独独悲痛于朋友的不幸时，后者的回答是："对朋友的悲伤可以用泪水来倾诉，但对子女的悲伤则是任何方式都难以表达的。"

古代有位画家的创作过程与此也有异曲同工之处。在描画伊菲革涅亚[2]献祭仪式时，这位画家按照不同人的视角，以人们对这位美丽少女无辜殉难一事的关心程度来描绘他们不尽相同的悲痛。画家极尽艺术技巧之能事，可等到描画少女的父亲时，他已是江郎才尽了。他取巧地设计了这位父亲双手遮脸的动作，暗示已经没有任何方式能够表达他内心的悲痛。

这似乎也可以解释为何诗人们要创造出尼俄柏这位不幸的母亲的形象，来表达极度悲伤的那种萎靡不振、沉默不语的麻木状态：在失去七个儿子和七个女儿后，她伤心过度，最终化作了一块石头。

她因痛苦而变成了一尊石像。

——奥维德 [3]

不可否认，极度的悲伤会让人的整个心灵战栗，丧失所有自由行动的机能，如同乍听到一则噩耗时，我们很可能被惊得瞠目结舌，呆若木鸡，好像灵魂离开了躯壳，只有在痛哭流涕或倾诉悲苦之后，心灵才能被救赎，得到些许松弛和慰藉。

痛苦得终于不再哽咽而哭出了声。

——维吉尔 [4]

弗迪南国王与匈牙利国王的遗孀曾在布达附近对战，彼时的德军统帅雷萨利亚克看到一具被战马驮着的尸体。因为死者在战斗中的英勇表现，统帅对他的死深表同情。人们都想知道这名死者的身份。摘去这名死者的头盔后，统帅认出那正是自己的儿子。在部下的一片哀号声中，统帅沉默着，身体死死地钉在原地，双目凝视着儿子的脸，但未流下一滴伤心的泪水。最终，极度的悲恸令他窒息，身体僵直地昏厥倒地。

正如恋爱中的诗人们所说的：

可以表达出来的爱都不够炽烈！

——彼特拉克[5]

还有下面这些诗句可以表达难以自拔的情爱：

可怜如我，感官早已沉醉，
当我如愿见到了你，蕾丝碧，
心与口便不再任由召唤；
微妙的火燃烧我的周身；
耳畔荡起含混不清的声音；
双眼蒙上凝重无比的漆黑。

——卡图卢斯[6]

所以说，当情感处于最激烈震荡之时，我们的悲恸与惦念是难以言表的。此时我们的灵魂已经被沉痛的思绪搅乱，肉体也因此开始虚脱乏力。

因此，那些爱得疯狂的恋人，有时会突然感觉到迷失了方向。爱已到极致，即使是处于浪漫之巅，爱也会戛然而止，瞬间跌入万丈深渊。所以说，一切可以体验与回味的爱情，都是不值一提的。

悲小可语，悲大无言！

——塞涅卡[7]

同样的道理，突如其来的幸运也会使我们大吃一惊。

> 她一见到我和特洛伊的军队，
> 即刻失去了感知，目光呆滞，神情恍惚，
> 然后，脸色惨白地昏厥过去，
> 隔了许久，她才苏醒，开口说出一句话。
>
> **——维吉尔**

历史上，因为惊喜过度而猝死的人不在少数。比如，有位罗马妇人见到儿子从坎尼生还而归，过度狂喜而一命归西；索福克勒斯和暴君狄奥尼修斯的悲剧也是乐极生悲的先例；塔尔瓦被罗马元老院授予荣誉称号，在获知消息后，他却客死于科西嘉。到了十六世纪，这样的事例更是不胜枚举：当米兰城被攻克后，对捷报期盼已久的莱昂十世教皇欣

喜若狂，竟然魂归乐土了。

人类的愚蠢还有一个更好的例证：据史料记载，由于在学生和听众面前无法当场解答人们向他提出的问题，古希腊历史学家狄奥多罗斯羞愧难当，竟然猝死在现场。

我极少陷入这种强烈的情感波动中。生性愚钝的我，只能天天搬一些道理来开导自己。

译注

1. 斯多亚学派，古希腊罗马哲学学派，由芝诺创立于公元前 300 年左右。晚期斯多亚学派强调唯心主义，宣扬宿命论、神秘主义和禁欲主义。

2. 伊菲革涅亚，古希腊剧作家笔下的一个悲剧人物。

3. 奥维德（前 43—约 17），古罗马诗人，代表作《变形记》等。

4. 维吉尔（前 70—前 19），古罗马诗人，著有《牧歌集》《埃涅阿斯纪》等。

5. 彼特拉克（1304—1374），意大利诗人，著有《抒情诗集》等。

6. 卡图卢斯（约前 84—约前 54），古罗马诗人，擅长作抒情诗。

7. 塞涅卡（约前 4—65），古罗马哲学家、戏剧家，晚期斯多亚学派的代表人物之一。

二

本性驱使我们奔向未来

有人指责说人类总是盲目地向往明天，告诫我们应当把握今天的财富，安于现实，我们对于未来的事情毫无把握，甚至难以驾驭过去。出于本性，我们总是去完善手头的未竟之事；出于本性，我们总是认同行为重于意识的假象，如同它赋予我们的其他假象一般。如果有人称此为谬误，那么真该感谢这些人一语道破了人类最普遍的错误观点。事实上，我们永远不会安于现状，总是试图超越自我。忧虑、欲望和希冀促使我们走向未来，使我们淡忘现实的事情，对未知的明天充满好奇。

为未来而忧虑的人是可悲的！

——塞涅卡

"为自我之事，具自知之明。"这句箴言出自于柏拉图。箴

本性驱使我们奔向未来

言的前后两部分既概括了我们的责任，又相互包含。当一个人要去做自己的事情时，他首先应该做的就是对自我的认知，明确哪些事情应该去做。明白了这些道理，一个人做事就不会多绕弯子，就会懂得自尊自爱，修身养性就成为他首要的事情，而不会徒劳无功、碌碌无为，想不该想的，说不该说的。

> 愚人即使得到了想要的东西也不会知足，
>
> 智者却能安贫乐道，并且怡然自得。
>
> ——西塞罗[1]

伊壁鸠鲁[2]不需智者去预测和关注未来。

在诸多有关死者的条文中，我认为"君王的功过应留给后人去评说"这一条颇有道理。他们虽然不能主宰法律，却可以与法律相伴；法律不能判决他们的生命，却能衡量他们及其继承者的声誉。声誉之于人们要比生命更加宝贵。这是一种规律，遵守这种规律的民族都能获得某种意料之外的好处，明君大多乐于此道，不然会因有人把他们同暴君相提并论而愤怒不已。我们在国王面前必须俯首称臣，唯命是从，因为这是他们在行使自己的职权，而对于他们的敬仰和爱戴，则要取决于他们履行职责的方式。我们可以宽容地忍受他们的平庸，帮助掩饰他们的恶习，并对他们的无所作为提出谏言。但这种君臣关系一旦遭到破坏，我们就再也没有理由强自压下向司法部门倾诉心声的念头；更加不能抹杀那些肱骨忠良的功绩。他们比我们更加了解君主的缺陷，却依旧对其忠贞不贰，毕恭毕敬。如果不是这样，后世将丢掉一个忠良的楷模。奸佞小人出于一己之私，曲意逢迎，对昏君歌功颂德，他们所谓的公理是对正义的侮辱。提图斯·李维[3]一针见血地指出，王权统治下的人们，无一例外地习惯于使用夸张虚华的语言，对他们的君王歌功颂德。

我们有理由去谴责那两个当面顶撞尼禄[4]的士兵，因为他们的胸襟不够宽大。其中一个被尼禄问到为何要刺杀他时回答："我崇拜你，因为你值得我们的爱戴，但是自从你做出了弑母的恶行后，我就开始憎恨你这个马车夫、戏子、纵火犯了，因为你这种人只配被人恨！"另一个人被问及刺杀的原因时说："因为我找不到其他的方式来阻止你继续作恶。"但事实是尼禄死后，他的专横跋扈、荒淫无道遭受千夫所指、万人唾弃，并将遗臭万年。如此一来，稍微明白事理的人还会去谴责他们吗？

斯巴达国的国政体系是非常合理的，除了形式主义的仪式：国王驾崩时，斯巴达的所有盟国和友邻以及附属国的奴隶，不论男女老幼，都逃不过在额头上划一道口子的厄运，以此来表示悲痛，并被要求声泪俱下地高呼，他们将忘却国王生

二

本性驱使我们奔向未来

前的所作所为，视之为最贤明的国王。他们违心地歌功颂德，近几任国王则要被捧到天上去。梭伦[5]说："任何人的人生都是不幸福的，只有了却今生并入土为安的人，才能获得幸福。"

对此，大哲人亚里士多德提出了质疑：如果这个人生前声名狼藉，后代因他而苦不堪言，那他死后还可以说是幸福的吗？当我们在世时，总是为幸福与快乐而奋斗不止；可一旦离世，我们就将与此间世界彻底隔绝。所以，必须告知梭伦，人是无幸福可言的，幸福虚无缥缈，我们所谓的幸福并不是幸福的真相。

> 谁都不会简单地死去，
> 谁都会憧憬后世之事；
> 难以分离和抛弃
> 带着死亡倒塌的身躯。
>
> ——卢克莱修[6]

朗贡城堡坐落于奥佛涅的布依城附近，贝特朗·迪·盖克兰在围攻朗贡城堡时阵亡，所以，当被围者投降后，只能将城堡的钥匙安放在他的遗体上。

威尼斯军的将领巴泰勒米·达勒维亚纳将军在布雷西亚战役中以身殉国。下属想要将他的遗体运回威尼斯，必须路经敌人的领地维罗纳。当时，威尼斯军队中绝大多数人都赞成向敌方申请安全通行的许可，但是反对者泰奥多尔·特里伏斯主张强行穿越敌人领地，甚至不惜血战一场。他的理由是："将军生前一向怒视敌人，难道死后却要向他们屈服吗？"

巧合的是，希腊人的法律中也有相关条文：向敌人索取战友的遗体安葬，就等同于放弃了胜利，更遑论邀功请赏，因为被请求送出遗体的一方已经站在了胜利者的位置上。尼基亚斯就是由于这个原因战败的，尽管他们前期对科林斯人占有明显优势。相反，阿戈西劳斯二世对彼俄提亚人几乎没有胜算把握，最终却占据了上风。

我们不必在意上述的那些事，因为我们不但渴望把自身的影响延续到生命消逝之后，还愿意相信上天的恩泽能庇护我们入土安眠，共我们的遗骸长存。历史上这样的先例不胜枚举，因此，我们没必要再谈自己的事，以免流于冗繁。英格兰国王爱德华一世曾与爱尔兰国王罗伯特进行了一系列旷日持久的战争，他每次亲征必定以胜利告终，战果累累。弥留之际，他竟然命令儿子起誓，等他死后，将他的遗体煮熟，剔下肉体埋葬；所剩遗骸，他要求儿子妥善保管，并且每次出征爱尔兰的时候都要随身携带，与军队一同出征，仿佛战争的胜利取决于他的存在。

让·齐斯卡曾替威克里夫的错误进行辩护，从而导致整个

二

本性驱使我们奔向未来

波西米亚陷入战乱纷争，于是他命人在他死后剥下他的皮，制成战鼓，在迎战敌人的时候擂起它，以此来鼓舞军队的士气，继续为他打胜仗，堪比他亲临沙场督战。在与入侵的西班牙人作战时，有些印第安人会带上他们某个首领的骸骨，期盼能获得首领在世时不凡的运气。还有些特殊的民族，打仗时会拖着阵亡勇士的遗体，用这种方式来祈求庇佑或激励胆识。

上述这些事例讲的是：人死后凭借生前的功绩而留存名誉。下面要说的事例则体现了行动的巨大力量，巴亚尔将军的故事恰巧说明了这一点。他在战场上身受枪伤，预感到命不久矣，部下劝他撤离，他却执意留下。一名将军不会在生命的最后时刻选择背对敌人。他带伤坚持作战，拼至精疲力竭，直到体力不支快从马上跌落时，他才命令司务长把他搀扶到一棵树下，毅然面向敌人的方向，保持他一如既往的作风。

我还可以再举出事例来，毫不逊色于上述的那些。西班牙国王腓力二世的曾祖父马克西米连一世是位品德高尚、相貌英俊的美男子。他有与其他君王不同的习惯：他无法容忍直接把坐便桶当作临时的王座，来处理方便时遇到的紧急事务，因为他方便时绝对禁止仆人在场。他不允许仆人看见他方便，就像处女不愿向医生或他人暴露私处一样。我是个言语放荡不羁的人，但天性羞涩，除非是迫不得已或是性爱使然，我绝不会在别人面前暴露自己的私密部位。我这么做，是因为我认为这种约束对于人，尤其对于从事我这种职业的人，是合适且必要的。更甚于我的是，马克西米连一世矜持至极，在遗嘱中特意叮咛家人在他死后必须给他穿上短裤。据说他的遗嘱中还追加一条：给他穿短裤的人必须闭上眼睛。居鲁士大帝二世曾立下遗嘱，禁止任何人看到或接触他的遗体。我个人认为，那是因为他的宗教信仰。因为他和他的史学家一样，毕生致力于宣扬对宗教的虔诚和专注，以此突出他们的德行。

谈及此，我想起一件有关我的姻亲的不愉快的事情，是一位亲王讲给我听的。我那位姻亲不论和平与战争时期都颇有名气。一切都是因为，他在临终前，强忍着结石的病痛折磨，坚持精心布置自己的葬礼会场，以使他的葬礼办得隆重而体面。他还请求所有来探望他的贵族都许下加入送葬队伍的诺言。而且，他还恳求前来看望他的那位亲王务必出席他的葬礼，并罗列了多条事例和道理，来证明他这样的人物应该拥有这样的待遇。当如愿获得亲王的许诺并按自己的意愿布置完殡葬会场后，他才安详地离开人世。我难以想象，他竟是如此执着于虚荣的人。

有些人的做法却恰恰相反，他们热衷于对葬礼的精打细算，哪怕是对一个用人或一盏宫灯也要思量再三。这样的人也是不少。有人赞同此类做法，夸赞李必达严令禁止其继承人按照传统厚葬他。连最基本的花费和需求都要舍弃，难道这样就是节俭吗？在我看来，这是一种耍滑并且卑微的革新。如果这种事也必须严令的话，那么索性让每个人都可以决定自己的一切命运，无论是葬礼，还是生活的其他方面。哲人卢贡对朋友的嘱托就很明智，请求将他的遗体葬在他们认为合适的地方。仅葬礼而言，既不该铺张浪费，也不该潦草苟且。在这件事上，我完全尊重习俗，信任我托付的人所做的决定。西塞罗也说过："在这件事上，我们自己可以洒脱些，真正需要着想的是我们的亲眷。"圣·奥古斯丁[7]圣洁地告诫所有信徒："葬礼的操持和排场，墓地的选址和考究，更多的是对生者的慰藉，而不是对逝者的庇佑。"

苏格拉底临终时，克里托询问他用何种安葬方式，他简单明了地答道："随您的便。"如果我不得不早些操心此事的话，为了洒脱我应该这么做，遵照他人生前享受坟茔的等级和规模，淡定地面对自己死时的模样，平静地享受和满足自己的感官，还活着却已能想象自己死时的情景，不亦乐乎！

在阿基努塞群岛附近的一场海战中，雅典军队击败了斯巴达人。这场战役，在希腊史记载的海战中算得上最漂亮却最具争议的一战。战争胜利后，雅典将领依照战争法继续向前推进，没有停下脚步去收整和安葬阵亡将士。为此，他们被雅典人民毫不留情、有失公正地全部处死，甚至没有给他们辩解的机会。每当忆及此事，我几乎对所有的民主痛恨起来，同时无视了它作为自然和正义的代表的意义。

迪奥默东的做法令我心生厌恶——他是将被处死的将领中的一员，在政治和军事上都具有崇高的威信——听完判决后，他走上前去，此刻大厅里所有的人因为过度关注他而屏气凝神，可是他既没有为自己和同伴辩护，也没有揭露这一决定的残酷和不公，却顺从地接受了法官的判决，并向众神祈祷，为法官不公正的判决祈求宽恕；他又把他和同伴为感谢命运女神而许下的愿望公布于众，以免因没有还愿而导致诸神迁怒于雅典人民。说完这些，迪奥默东没有再说话，毅然决然地迈着异常坚定的步伐走向了断头台。

接下来的几年，命运女神对雅典人进行了惩罚。后来，在同斯巴达海军上将波利斯的战斗中，雅典海军统帅卡布里亚斯曾占上风，但他顾及前车之鉴，错失了最佳战机，将胜利拱手让与敌人；在他们打捞漂浮在海上的战友尸体时，敌军已从海上安全逃离并反过来袭击雅典人，他们不得不吞下迷信的恶果。

你想知道你死后会去哪里吗？

就在未出生者等待新生的地方。

——塞涅卡

另一行诗则使一个灵魂迷失的身躯恢复了安宁：

二

本性驱使我们奔向未来

愿脱离灵魂和肉体的痛苦，

没有作为栖息地的坟墓。

——西塞罗

自然法则说明，某些生命终止的事物，似乎跟生命还有着某种未知的联系。据说，贮存在地窖里的酒，因为采摘葡萄季节的不同而风味迥异；腌制在缸里的肉，也会根据活兽的状态而被施以不同的熏制方法。

译注

1. 西塞罗（前106—前43），古罗马政治家、雄辩家、哲学家，他的著作被誉为拉丁语的典范。
2. 伊壁鸠鲁（前341—前270），古希腊哲学家、伊壁鸠鲁学派创始人，主张人生的目的是追求幸福。
3. 提图斯·李维（前59—17），古罗马历史学家。著有《罗马史》。
4. 尼禄（37—68），古罗马帝国的皇帝，以暴虐、放荡出名。
5. 梭伦（约前638—前559），古雅典政治家、诗人，传为古希腊"七贤"之一。
6. 卢克莱修（约前99—前55），古罗马诗人、哲学家。
7. 圣·奥古斯丁（354—430），古罗马时期基督教思想家，著有《忏悔录》。

三

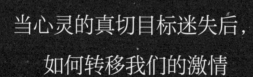

当心灵的真切目标迷失后，
如何转移我们的激情

我的一位贵族朋友患上严重的风湿病，医生叮嘱他不宜食用腌肉，他却风趣地说："被疼痛折磨得越厉害，我就越渴望发泄怨气。对咸香肠、牛舌头和火腿肉的疯狂诅咒，会使我感觉轻松许多。"不过，如同我们挥手打人，若是打空了只会弄痛自己。推而广之，想要欣赏到秀丽的景色，就不能随性搜寻和漫无目的，而是要明确目标，关注准确的位置：

> 飘忽如风者，若无森林的屏障，
> 会消失在茫茫的旷野。
>
> ——卢卡努斯[1]

如风一般，当心灵亢奋之时，如果没有目标，必然会迷失方向，为此，我们应该为心灵选好发泄的目标。在评价那

当心灵的真切目标迷失后，如何转移我们的激情

些以猴子和小狗为宠物的人时，普鲁塔克[2]说："如果缺失适当的目标，我们付出的爱心，不仅仅会白白浪费，还会变得虚伪和轻浮。"你会发现，当心灵躁动的时候，你不仅会拒绝做某一件事情，还会欺骗自己，甚至违背自己的原则，给自己捏造一个假想的目标。

动物也是如此。当狂病发作时，他们会不加选择地攻击阻碍它们的石头和铁块，还会因为疼痛而反噬自己，作为报复：

> 帕诺尼的母熊身中标枪，
> 于是变得疯狂，
> 不顾流血的伤口去攻击标枪，
> 打着滚扑，咬摇晃的矛头。
>
> ——卢卡努斯

遭遇不幸时，什么样的原因我们想不出来？想要发泄时，什么样的东西我们不敢去责怪？深交的兄弟不幸中弹身亡时，我们不应揪扯自己脆弱的头发，捶打自己白皙的胸膛，而应当寻找其他方式排解怨气。在谈到罗马军队在西班牙痛失两位兄弟——高级将领时，李维说："所有的人当即掩面痛哭，捶头哀号。"这已成为惯例。谈到一位国王因哀伤揪自己头发时，哲学家皮翁不失幽默地说："国王难道认为秃顶可以消解哀伤吗？"常听说，赌徒输钱时将纸牌嚼碎并吞进肚里，或将骰子吞入腹中。同样的事情还有：泽尔士一世给赫勒斯套上镣铐，施以鞭笞，并令众人用鞭子不停地抽打他，还蔑视并挑战阿托斯山；因为在横渡日努斯河时受到惊吓，居鲁士便让整支军队对日努斯河进行数日的荒唐报复；因母亲在一间房屋中备感煎熬，卡里古拉便将整座华丽房子彻底拆毁。

我青年时代听到过一个传说：我们一位邻国的国王，受到上帝的鞭罚，发誓要报复上帝，颁布法令，十年之内禁止国民的所有祈祷行为，且不能谈及上帝，只要他在位一天，就要杜绝国民对上帝信仰的滋生。通过这则传说，人们主要想表达的并不是国王的愚蠢，而是民族自豪感。这些恶习相互滋养。话说回来，那个国王的行径不单是愚昧无知，更多的是妄自尊大。

在海上遭风暴袭击后，奥古斯都大帝便开始向海神尼普顿挑战。为了复仇，大帝公然把海神像从诸神像中撤下。还有比这更亵渎神灵的事：在德国之战中，瓦鲁斯将军毁掉了所有的军队，奥古斯都怒不可遏，绝望至极，一边用头猛磕墙壁，一边歇斯底里地怒喊："瓦鲁斯，还我军队。"他以这种行为求助上帝或命运女神，仿佛他们能裁决人世间的纠纷

三
当心灵的真切目标迷失后，如何转移我们的激情

一样。这种做法是无理取闹，更是在亵渎神明，就像色雷斯人一样，每当雷电袭来，就用箭射天空，以示警告，试图威逼上帝恢复理智。然而，诚如普鲁塔克作品中提到的一位古代诗人所言：

犯不着为困境而惆怅，

因为它总是无视我们的愤怒。

不过，对于人类自我的灵魂混乱，我们责备得还不够。

译注

……………………

1. 卢卡努斯（39—65），古罗马诗人，著有《内战记》。
2. 普鲁塔克（约350—约433），古罗马哲学家。新柏拉图学派中雅典学派的创始人之一。

四

我们的行动决定于意愿

据说，死亡能使我们偿清所有的负债。

下面这些人的做法是我所不屑和鄙视的。英国国王亨利七世与菲利普一世谈判修好两国关系。后者是马克西米连一世的儿子，更确切地说，是查理五世皇帝的父亲。亨利七世向菲利普索要自己的仇家——已逃亡到荷兰的白玫瑰家族的苏福尔克公爵，并承诺绝不处死公爵。但亨利七世在临终前，立下遗嘱，让他的儿子在他死后立即处死公爵。

一五六八年，霍纳和埃格蒙两位伯爵在布鲁塞尔被处死，杀人者是阿尔布公爵。许多引人注目的情节构成了这出悲剧。最值得一提的是，埃格蒙伯爵强烈请求先死，因为他希望通过死来免除对霍纳伯爵所做的承诺，当初霍纳伯爵就是听了他的蛊惑才向阿尔布公爵投降的。事实证明，死亡并没有使亨利七世兑现承诺，而即便埃格蒙伯爵不死，他也已还清欠下的债。

四
我们的行动决定于意愿

我们不可能超越现有实力和才能去兑现承诺。因为，结局和过程并不是我们可以控制的，唯有意愿在我们的可控制范围之内：人类履行义务的前提是必须意愿自由。所以说，埃格蒙伯爵认为，尽管履行诺言的行为已不可控制，但他的心灵和意志必将承担做出的承诺，那样，即使他比霍纳伯爵晚死一步，他同样实现了他的义务。亨利七世同样不愿履行自己的诺言，尽管他背信弃义的行动在他死后才实现，但他的食言是不可原谅的。正如我们不可原谅希罗多德笔下的瓦工一样：尽管他忠贞一生，守口如瓶，临死前却把他主子埃及国王藏宝的秘密泄露给了他的子女。

　　我心知现今的很多人都各怀鬼胎，觊觎他人的财物，并准备通过死后遗嘱的方式付诸实现。他们不去做一件善事，既不办一件重要的事，也很少发觉并主动更正不公的事。贪念越大，他们越艰难，也会感到更真切、更深刻的愧疚；积债越多，他们自己也会吞下越多的恶果。

　　更可怕的人依然存在。他们深藏对别人的仇恨，直到生命的最后时刻才变本加厉地显露出来。除了轻视自己的名誉，他们还摒弃理智，甚至摒弃良知；他们全无伤害别人的恐惧，至死也无法消弭仇恨，并且还要将这罪恶的种子植根于子孙。那些徇私枉法的法官，故意拖延审判，直到他们不再有审判权。

　　只要不出意外，死后的我会杜绝去说生前没说过的话。

五

谈无所作为

诚如我们所见，优良肥沃的土地上极容易荒草丛生，想要利用它们为我们生产，有所收获，就必须播种。不少单身妇女容易生出一大堆可悲的生命，如果想要培育出正直、诚实的下一代人才，只能够对他们重新耕种。我们的思想也是一样。大脑如果无所作为，无所约束，就会像一匹野马在思想的旷野上疯跑，迷失方向。

　　　　当水颤动在青铜盆中，
　　　　反射阳光或月光，
　　　　绚烂的光芒就会徐徐飞舞，
　　　　一直到天花板上。

　　　　　　　　　　　　——维吉尔

　　浮躁的心灵只能产生疯狂与虚幻：

犹如病人的噩梦，

幻觉滋生。

——贺拉斯 [1]

思想没有明确的航向就会迷失在途中。正如那句话，无处不在，就是无所存在。

马克西姆：无处不在，就是无所存在。

——马提雅尔 [2]

近来我在家中闲散无事，没有杂务的清净生活，不问政事的安宁晚年，开始让我的思想无所事事，随性运转，简直是它的极度休养。我本以为，这样会使头脑更加运转自如，一段时间之后，会愈加坚强，愈加成熟，最终我才发现事与愿违。

无所事事的大脑，只会胡思乱想。

——卢卡努斯

我的大脑成了脱缰的野马，成天飞速地运转，要比平时思考单一事情时的烦恼多一百倍；脑海中不断涌出怪诞的想法，杂乱无章。为了能够随时反省这种愚蠢怪异的行为，我开始将它们记录在案，以备日后翻看并自我警醒。

译注

1. 贺拉斯（前 65—前 8），古罗马诗人，代表作《诗艺》，主要作品有《歌集》《讽刺诗集》等。
2. 马提雅尔（约 40—约 104），古罗马诗人，主要作品为《警句诗集》。

六

论记性与谎言

记性几乎可以作为所有人的谈资，唯我不行，原因是我没有好的记性，只怕世界上再也找不到第二个像我这么记性差的人了。在我诸多或平庸或卑劣的品质之中，记性之差实属出类拔萃，简直称得上是盖世无双。

柏拉图颇有道理地将记性称作财大气粗的神灵，而我的坏记性是与生俱来的。由于在我家乡没有记性是不够聪明的代名词，所以，如若我抱怨自己的记性不好，人们就会露出疑惑和责怪的神情——在他们看来，我在指责自己是个白痴。智力与记性混为一谈的现状，使我的处境变得很糟。

对于我的指责，实际上伤害了我，因为恰恰相反，我的经验之谈是：良好的记性总是与低能的判断相伴。人们总是质疑我的健忘并对此颇有微词，尽管这是他们不通情理，但好在我能宽以待人。不过，他们这样做还是伤害了我。将记性不好和感觉迟钝画等号是他们的惯性思维，也就是把天生

39

六
论记性与谎言

缺陷当成主观意识的问题。他们的指责多种多样，比如，说我忘了这样那样的请求或承诺，忘了朋友们，说我从来不记得对朋友应该有什么言论，有什么举动，或者应该有什么避讳。没错，我是健忘的，但我从来不会忽略朋友要我做的事情。人们将我的表现称之为懦弱，但这种懦弱绝不会引发恶意的行为，因为不会戏弄朋友同样是我的天性。

有时，我会为记性的缺憾而愧疚不已。不过福祸相依，这一缺点成功抑制了我身上的另一个更为严重的缺点，那就是追名逐利。对于社交圈子里的人，记性差是一个无法弥补的弊病。在记忆力衰退的同时，我身上的其他功能或许正在增强。关于这一点，在自然界中能够找到佐证。如果记性很好，别人的独特想法就会印刻在我的脑海中，这样一来，我的思考力和判断力就容易受到他人的干扰，而不能独立运作。先天的记性不好，让我所记住的就要比听闻的少，进而使我的演讲简明扼要；换言之，若是我记性很好，难免会夸夸其谈，不停地刺痛朋友的耳膜。因此，健忘之于我是一种才能，非但不是弊端，反而使我的演讲热烈而富有感染力。

在我的几位知心朋友身上的试验表明：他们脑海中的事件经过越是详尽，他们的叙述便越是冗长、拖沓，再精彩的故事，也会因拖泥带水的叙述而黯然失色；要是故事本身并不精彩，那就更糟了，你只有诅咒他们的记性太好或是他们的见解太糟的份儿。他们的话匣子一旦被打开，就很难快速结束或兀然中断。随时随地都能利落地停下脚步的马，是不常见的。我甚至见过有些语言木讷的人，嘴皮子动起来，就磕磕巴巴地讲个没完，好像昏昏欲睡的人挪动细碎的步伐。更可怕的是老年人，记忆深处装着久远的事，一旦被人勾起话头，就会将陈年旧事和盘托出，听者必是索然寡味，因为那都是些听腻了的老段子。

另一个原因更让我对自己的记性之差感到欣慰。借一个故人的话说，我会淡忘曾经受到的屈辱经历，不然我还要额外负担费用，雇用专人来提醒我。波斯国王大流士就是这样，为了铭记来自雅典人的侮辱，在吃饭前，他会让一个年轻侍从在耳边念叨三遍："老爷，雅典之耻切莫忘记。"同样，我重温旧书，重游故地，总是享受到第一次那样的新鲜感。

据说，记性不好的人不适宜撒谎。此话不无道理。我所知道的是，语言学家会去区分"说的并非真话"和"撒谎"。他们的定义，说假话是指说出自己信以为真的假事；而源于拉丁语的撒谎一词，它的定义包含违背良知的深层意思，因此，撒谎应该用来专指那些口是心非的人。我要说的就是后一种人。这些人不是编造事实的主要部分，就是隐藏或歪曲真实的内容。如果让他们将同一件事情重复说上几遍，就会露出一些马脚。因为自己曾经经历过，所以事情的真相已经在脑海中先入为主，它会反复出现在我们的想象中；而虚构的事情在脑海中是不会长久的，当你反复重温一件事时，事情的真相会在记忆中留下更深的印象，很容易替代那些虚构的、伪造的或生搬硬套的事。相比之下，那些纯粹捏造说辞的人，因为没有对立的记忆来戳穿他们的虚假，他们就会自以为高枕无忧。但是，因为内容毫无根据、空洞乏味，很容易连自己也记不清楚。

这种情况在我身边时有发生，有趣的是，那些人说话善于奉迎，他们拿信义和良知服务于时刻变化的情况，所以他们必须随机应变。同一样东西，他们可以说是黑色，也可以说成白色；在一个人面前这样说，在另一人面前又那样说。有机会的话，让他们将几番自相矛盾的话当作战利品拿出来作比较，他们又会有怎样的下场呢？很难相信，要记住对同一事物编造出来的各种谎言，需要有多好的记性。他们难免马失前蹄而陷入尴尬的境地。我发现，现实中许多人视谨慎为美名，殊不知这不过是徒有虚名。

所以说，撒谎是一种必须被唾弃的恶行。语言是我们赖以维持人与人之间相互联系的唯一途径。若我们深刻地认识到撒谎的危害和丑恶，相比对待其他罪恶，应该更加严厉地谴责它。很遗憾，我们通常会因为孩子无知而不合时宜的过错去教训他们；会因为淘气但不会造成任何影响和后果的行为而折磨他们。依我看，只有撒谎和顽固才是我们需要时刻提防滋生和蔓延的缺点。这两个缺点会伴随孩子终生，并不断恶化。无奈的是，人一旦撒了谎，就再也不能摆脱了。因此，一些原本很诚实的人，偶然撒谎，就会积习难返，再也无法挣脱谎言的束缚。我的一位很称职的裁缝伙计从来没在我面前说过真话，即使真话对他有利也不说。

真理的面孔是唯一的，假如谎言也是如此，我们之间的关系就会处理得很好，因为那样我们可以轻而易举地选择谈与谎言对立的话；但是谎言不是真理，它千变万化，无所不在。

毕达哥拉斯的善恶观指出：善具有有限性和确定性；恶则具有无限性和不确定性。成功之路只有一条，而千条路都引向失败。当然，如果厚颜无耻的信誓旦旦功效显著，甚至可以躲避一场重大的灾难，我无法坚持自己不说谎的原则。

记得一位神父说过，与熟悉的狗相伴，远胜过与操着不同口音的人为伍。

因此，陌生人经常不被人们关注。

——大普林尼[1]

在社交中，谎言是比沉默更令人难以忍受的事情。弗朗索瓦一世可以去炫耀自己曾把米兰公爵的使者——巧舌如簧的弗朗西斯科·塔维纳驳得瞠目结舌，逼得无地自容。塔维纳曾受他的主人米兰公爵的指派，来向法国国王致歉。事情的原委是这样的：不久前，弗朗索瓦一世被意大利放逐，但是他想同意大利以及米兰公爵的领地继续保持和睦，为此，他派出一位绅士，托词处理私事去向公爵传达示好之意。米兰公爵弗朗索瓦·斯福扎与查理五世皇帝的侄女即丹麦国王的女儿、享有亡夫遗产的洛林公主签订了婚约，此时他比以往任何时候都更加依赖查理五世。为了保护自己的利益，他绝对不能让意大利皇帝察觉他与法国人的任何接触和来往。法国国王的委托者是皇家马厩总管，米兰人梅维伊，此人带着交给公爵的引荐信来到了米兰。可是，他在公爵身边逗留过久，以致被查理五世察觉。结果可想而知：为了开脱自己，公爵制造了谋杀的假象，深夜派人刺死使者，并火速了结此案。

事后，法国国王广发信函询问使者的死因，为此，弗朗西斯科·塔维纳先生早已准备好了一番与事实不符的推理。在国王早朝时，他陈述了很多似乎令人信服的理由，以解释使者为何被杀。他声称，他的主人只知道死者是来米兰办理私事的绅士，那人也从未表露其他身份；米兰公爵并不知道死者是否为国王效命，甚至是否认识国王，因此，从未把他当作使节招待。但是对此，弗朗索瓦一世提出了很多疑问和异议，在一连串地咄咄逼问后，严令他回答是不是在晚上偷偷将使节杀死。此时的弗朗西斯科狼狈不堪，只好放弃抵抗说，出于对国王陛下的尊敬，公爵不敢让阳光照亮这样的极刑。大家不难想象，他在国王面前难以自圆其说，被驳得体无完肤的可悲模样。

尤里乌斯二世教皇派特使前往英国，鼓动英王反对弗朗索瓦一世。特使的陈述完成后，英王在答复中如是说，准备同如此强大的国王作战，是件很艰难的工作。他还提出了其他几条论据。使者回答英王，这些困难他也考虑过，并对教皇提及过。这番说辞与他劝说英王立即对法宣战的使命背道而驰。如此一来，倒让英王发现了重要的事实，那就是使者本人有倒向法国的倾向。英王将此事通告教皇，于是多嘴的使者财产全部被充公，并险些丢了小命。

译注

1. 大普林尼（23—79），古罗马作家。主要作品有《博物志》。

七

论说话的语速

人不是生来就具备各种才能的。

口才也是这样。有人铁齿铜牙，能言善辩，完全做到随机应变，应对自如；另一些人却慢条斯理，不经过反复思量，绝不开口说话。好比有人提出，女人要因人而异，根据自身特点进行健美训练，训练口才。我们知道，布道者和律师是当今最需口才的职业，因此我建议，说话慢的人去布道，而说话快的人选择去当律师。原因是，律师可能面临辩论，如果事先预测不到对方的反驳，律师原有的思绪都会被打乱，因此必须做到随机应变。

克雷蒙教皇与弗朗索瓦一世在马赛会面时，原本安排普瓦耶——一位久负盛名的职业律师，向教皇致欢迎词。在准备过程中，律师花了很多心思和时间。可是，考虑到致辞的内容可能会冒犯其他君主的使者，教皇认为应该改变欢迎词，并将这个想法告诉法国国王，为此，律师的心血全部付诸东流，他事先准备的讲稿派不上用场，需要立即准备另一份致辞。这使普瓦耶倍感力不从心，不得不委托杜·贝莱[1]主教完成致辞。

做律师比做布道师更难，这大概已成公论。我却不以为然，至少在法国，做一名好的布道师更有难度。

我的观点是，性格决定雷厉风行的作风，而理性必然导致三思后行。一些人不经事先准备就会哑口无言，另一些人无须事先准备反而会有精彩的即兴发挥。这两种情况都让人觉得不可思议。有人评价，赛维吕斯·卡西尤斯的演讲，不但出口成章，而且精彩绝伦。他不是勤奋的人，只是擅长即兴发挥；演讲过程中的外界干扰，只会激发他的兴致。所以，他的对手不敢刺激他，怕他被激怒后会变得更加不可战胜。

在我看来，这种天性不同于事先勤奋而冷静的准备，一旦不能自由发挥，难免夸夸其谈。当然，更有深度的问题必须挑灯夜读，反复推敲。除此之外，因为想把事情做好而过于紧张，或者过于执着和专注，即兴发挥的灵感就会受到排斥，不能运用自如，好比狭窄的通道无法通过汹涌的激流。

据我所知，即兴发挥的天性还可能出现这样的情况：他不能受到强烈情绪的刺激和震撼，比如，像卡西尤斯那样被激怒，因为情绪过于激动而导致语塞。相比激怒，他需要的是诱发——或外界、或现实、或偶然的事件来振奋和唤醒他。失去与外界的关联，他只会无精打采，懈怠拖沓。他的生命和魅力的源泉，便是刺激。

对于自己能力的支配和驾驭，我做不到万全。偶然的因素对我影响更大。情绪、人群以及感受自己嗓音的颤动，比起细心梳理更能清理我的思路。

因此，若我必须给出答案，我认为演讲比写作更有价值。

通常，我越苦思冥想，越找不到灵感。信手偶得反而比深思熟虑效果更好。写作时，我可能不大精心雕琢（我是指，在别人看来我的文章欠雕琢，但我自认为已经足够了。也罢，不必有如此平心而论的语调，每个人的看法不尽相同）。精雕细琢会使我的激情丧失殆尽，以至于我自己都会忘记当时想表达什么。当然，有的读者也会发现我文章中的考究之处。完全删除我信手写下的那些东西，无异于自我毁灭。对我而言，信手拈来的灵感，更加光辉灿烂，其光芒胜过正午的骄阳，以至于我会为自己的不时犹豫而困惑。

译注

1. 杜·贝莱（1522—1560），法国诗人，著有诗集《罗马古迹》《悔恨集》。

51

八

谈勇敢与坚毅

具备勇敢和坚毅的性格，并不意味着竭尽全力去直面威胁我们的麻烦和不测，且丝毫不担心它们会突然降临。恰恰相反，保护自己、预防不测的实用方法，不仅应该得到肯定，而且值得赞扬。坚毅的定义，主要指耐心忍受无法弥补的不幸。所以说，能够运用身体的灵活或手中的武器，避开别人的突然袭击，都是可取的事情。

在古代，许多好战的民族，比如土耳其人，将逃跑作为他们主要的战术，这种背对敌人的做法，其实比面向敌人更加危险。

在柏拉图笔下，苏格拉底嘲讽拉凯斯对于勇敢的定义：在与敌人的战斗中坚守阵地。苏格拉底反问："怎么？难道先撤出阵地再伺机反攻就是怯懦的做法吗？"他还引证了荷马对于埃涅阿斯的逃跑战术的称颂，最终使得拉凯斯改变了看法，认可斯基泰人和骑兵采用的逃跑战术。接着，苏格拉底又举出斯巴达步兵的例子：这个民族比任何一个民族都英勇善战，在攻打布拉的城时，他们反复冲击，波斯军队的方阵却安然无恙，此时，斯巴达军佯装撤退，成功制造了退败的假象，引诱波斯人追击，从而打破和瓦解他们的方阵。最终，斯巴达人取得了胜利。

关于斯基泰人，据说，大流士皇帝率兵来征讨时，斥责斯基泰的国王总是临战后退，畏惧交锋。对此，那位名叫安达蒂斯的国王回答道，他后退不是因为怕大流士，也不是因为怕战争，那只是他们民族的行军方式。因为他们没有需要守护的耕地、城池和家园，心知敌人从中捞不到什么好处。但是，他若是非常迫切地同敌人开战，那只能说明他想去祖先的坟墓，在那里向那些败亡者诉苦。

战场上常有这样的事，开始进入炮战时，一旦被炮口瞄准，再四处躲藏也不能避免被击中，相比于炮弹的威力之大，速度之快，人类无法躲闪，防不胜防。但不乏其人试图举手或低头来躲避炮弹，这样只会落下笑柄罢了。

在查理五世攻打普罗旺斯时，居阿斯特侯爵以风车为掩体去侦察阿尔城。但他离开了风车，被正在竞技场上放哨的德·博纳瓦尔和赛内夏尔·德·阿热诺阿二人发现。他们将他的位置指给炮兵指挥德·维利埃，后者用轻型长炮轰击侯爵。当察觉火光时，侯爵便向一旁扑倒，可还是未幸免于难。洛朗一世——凯瑟琳·德·美第奇王后的父亲，弗朗索瓦二世的外祖父——率军围攻意大利的蒙多尔夫要塞（就在维卡利亚一带）。看到瞄准他们的一门大炮正在点火，他迅速及时地卧倒，炮弹刚好擦着他的头上掠过，否则他的腹部就会被炸开花。坦白说，我不认为这是他们经过思考才做出的反应，因为看到火光后的时间短促，他们怎么能及时判断，对方是瞄准你的脑袋，还是你的肚子？另一种说法更容易接受，躲过炮弹纯属侥幸，下次恐怕就难以复制，如果故技重施，无异于飞蛾扑火，自取灭亡。

要是忽然听到身边响起枪声，我说不准也要发抖。这种反应，比我勇敢的人也会时有发生。

即使斯多亚学派也不认为他们哲人的心灵足以抵挡突如其来的错觉和异象，但是，他们都普遍认为，起决定作用的是本能。比如，智者听到雷声轰鸣，或是看到晴天霹雳，也会为之震惊，肃然起敬。对于其他的痛苦，只要哲人精神正常，判断能力保持依旧，他们都会镇定自若。对于一般人，遇到第一种情况时的反应与智者相似，而第二种就会截然不同。因为在一般人身上，痛苦的感受已然突破表面，渗透、腐蚀并摧毁他的理性。常人只根据痛苦进行判断，最终向它妥协。我们不妨感受一下这位斯多亚学哲人的心境：

他的心坚如磐石，他的泪枉然如流。

——维吉尔

这位逍遥学派的哲人不排斥烦恼，但他更善于自制。

麦穗至
成熟饱满时

Les
Essais

九

惩罚怯懦的行为

有一位君王，也是一位杰出的统帅，他在用餐时听说了德·韦尔万领主的事情。那个领主放弃抵抗而将布洛涅城拱手让给英王亨利八世，因而被判死刑。他听完后指出，贪生怕死的士兵不应该被处死。

确实，软弱导致的错误和恶意造成的错误应该被严格区分。因一己私念而做出了有违天理的事是不可饶恕的；相反，因软弱犯下的错误，似乎可以归咎于我们天生的缺点和不足。所以说，很多人深信，昧着良心干的事才是会受到惩罚的坏事。根据这一行为准则，有些人认定异教徒和异端分子不必被判处极刑，而律师或者法官因无知而产生的渎职行为也不需要负全责。

惩罚怯懦行为，最常见的便是当众羞辱。法学家夏隆达最早提出这条准则。在他之前，希腊法律规定，逃兵应被处死。夏隆达却规定，逃兵只需穿上女人衣服，当着大庭广众

九
惩罚怯懦的行为

罚坐三天。他认为，如此羞辱足以唤醒士兵的血气，使之重归战场。让人脸红，胜于让人流血。在古代，罗马法律也曾规定处死逃兵。据阿米亚努斯·马塞里努斯的叙述，罗马人在进攻帕提亚时，有十名临阵脱逃的士兵，尤里安皇帝依照古代法律，先将他们逐出军队，然后再处死。然而，在其他地方，同样是逃兵仅仅被判处监禁。对于从卡尼战役逃跑的士兵和在战争中同菲尔维乌斯一同吃了败仗的俘虏，罗马人的处罚都是十分严厉的，但也没有处死他们。

然而，更可能的是，当众羞辱会让他们陷入绝望，变得冷漠，甚至演变成敌人。

在我祖父那个年代，有一个老爷叫德·弗朗热，曾是德·夏帝永元帅的副官，被丰塔拉比总督德·夏巴纳元帅委派取代迪吕德，后者因向西班牙人投降而被废黜贵族称号，后代也被贬为庶民，按时上缴人头税，并且永久禁止参军。迪吕德在里昂聆听了这个严厉的判决。后来，当南索伯爵攻入吉斯后，那里所有的贵族被判处同样的惩罚。还有许多其他的例子。

不过，一旦对于怯懦行为的无知表现得过于明显或更恶劣，超出了正常的限度，那就有充分的理由和确凿的证据，将之视为当事人的狡猾和恶意，此时必须做出相应的惩罚。

十。

论恐惧

我胆战心惊，毛骨悚然，
说不出一句话。

——维吉尔

事实并不像人们想象的那样，我不是研究人类本性的学者，搞不清恐惧在我们身上的作用途径。但我承认，它的确是一种奇怪的感情。如医生所说，恐惧比任何感情都更加让我们不知所措。事实如此，我目睹过许多因恐惧而魂不守舍的人，甚至最沉稳的人，恐惧之时也会心慌意乱。我没必要谈一般人，老祖宗裹着白尸布从坟地里走出来会吓死我们，撞见魑魅魍魉也会吓得我们惊声尖叫。按说士兵应该胆量过人，但恐惧同样会使他们错把羊群当成重甲骑兵，把芦苇当成战矛、骑士，把友军当成敌人来袭，把白十字架当成红十字架。

德·波旁攻打罗马时，圣皮埃尔镇的一个执旗卫兵被警报声吓破了胆，他居然握着旌旗，从一处倒塌的城墙洞跑向城外，直接奔向敌阵，还自以为在跑向城内。另一方面，德·波旁却认为这是城里守军的挑战，传令部队列阵排好，准备反击。看到德·波旁的军队时，那个卫兵才恍然大悟，立即掉头原路返回；殊不知，刚才从那个墙洞里出来后，他已深入战场三百多步了。可笑的是，比尔伯爵和迪勒先生攻打我们的圣皮埃尔镇时，朱伊尔司令官的步兵连也发生过同样的闹剧，士兵们一个个吓得魂飞魄散，纷纷通过一个炮眼向城外逃散，最终被攻城者轻易消灭。在同一场战斗中，城内的一位贵族吓得失魂落魄，逃跑时没有受到任何外伤却倒地身亡。这种被吓破胆的事例实在值得说说。

有时候，恐惧会震慑住很多人。在德国人与日耳曼库斯的一次战斗中，双方军队同时溃逃，惊慌失措的情况下居然都向着对方来的方向跑去。

恐惧会让人变成飞毛腿，就像前两个事例那样；有时又会让人变成板上的钉子，动弹不得。仅以泰奥菲尔皇帝为例。在一次同雅加雷纳人的战役中，泰奥菲尔吃了败仗，他惊得呆若木鸡，竹竿一般立在原地，都不知道逃跑了。恐惧使然，连逃命都忘记了。直到他的一位主将马尼埃尔来拽他，并以唤醒沉睡之人的那种方式对他大吼："如果您不愿走，我只有杀了您；我宁可让您死去，也不愿让您被俘而亡国。"他这才恍然惊醒。

恐惧在使人们丧失捍卫使命与荣耀的勇气后，为了充实它自身，又会让人变得疯狂、无畏，从而彰显它的终极威力。桑普罗尼奥斯执政时期的罗马，曾在一场正规战役中败给汉尼拔（率领迦太基人），上万名步兵惊恐无助，不知生路在何方，慌乱中冲入敌人的主力阵营，拼命搏杀，竟然杀出了一条血路。不计其数的迦太基人死于乱战，而罗马人最终以一次光荣的胜利，洗刷了逃兵的罪名。这无疑是我听闻的最具威力的恐惧。

因此可以断定，恐惧的力量足以超过其他任何感情。

当庞培在他的船上和朋友们一起目睹他的军队遭到大屠杀时，还有哪种情感比义愤填膺更加强烈呢？可当埃及战船袭来时，恐惧令他们忘记了悲愤，他们疯狂地催促水手划桨逃命，一路逃到蒂尔仍然心有余悸。回想起之前的狼狈，他不禁哀伤不已，号啕大哭。之所以这样，是因为刚才那最霸道的情感——恐惧——把他们的哀伤和泪水封住了。

那时，

恐惧将我胸中的勇气彻彻底底掠光了。

——西塞罗

在战斗中，负伤的士兵不顾浑身伤口未愈，再次投入战场；但那些已经被敌人吓破胆的人，早已丧失了正视敌人的勇气。那些习惯于杞人忧天，担心被盗、被放逐或被征服的人，必然长期生活在忧虑之中，食不甘味，夜不能寐；但那些贫穷的、流浪的、为奴的人在同样的情境中则会活得很开心。在这世上，因为忍受不了恐惧而上吊、投河或跳崖自杀的人不计其数。这足以说明，恐惧是比死亡还要难以忍受的煎熬。

希腊人提出，存在另外一种恐惧，它并非产生于理性失误，难以查明缘由，只能归咎于上天的冲动。这种恐惧，往往足以震慑整个军队，甚至整个民族，就像被迦太基带来的恐惧所笼罩，举国恐慌，到处可以听到绝望地哀号。居民仿佛听到了警报，奔涌而出，打在一块儿，乱作一团，彼此残杀，仿佛敌人来攻城。到处是混乱和躁动，直到祈祷与献祭熄灭了上帝的怒火。希腊人称它为潘多拉引起的恐惧。

十一

死后方可定论幸福

必须等待他的最后时刻，

死亡与葬礼之前，

他的幸福谁也无权定论。

　　　　　　　——贺拉斯

　　克罗伊斯国王的典故妇孺皆知。居鲁士抓住克罗伊斯
国王后，判他死刑。行刑前，国王高声感慨："唉，梭伦啊
梭伦！"这话很快传到了居鲁士的耳中，出于好奇，居鲁
士派人询问他何出此言。他说，梭伦以前对他的警告千真
万确，那就是，无论命运女神对你展露的微笑多么美妙，
说自己幸福都为时尚早，应该等死后才做定论，只因人事
变幻莫测，涟漪微动，结局恐怕就会有天壤之别。对此，
斯巴达国王阿戈西劳斯如何看待？有人跟他说，波斯国王
是幸福的，因为他年少即位并且国势强盛。他却说："说得

不错，不过，在他这个年纪，普里阿摩斯[1]也并非不幸福啊。"马其顿的国王们，也就是伟大的亚历山大的继承者们，其中就有在罗马当木匠和笔录员的；西西里的统治者们，也会有沦为在科林斯做教书匠的。一代天骄庞培，曾征服半个世界，临终却可悲地向一个埃及无赖军官厚颜地哀求——只为苟延残喘多活五六个月，这位伟大的君主竟然付出如此大的代价！

在我先祖的时代，米兰的第十任公爵卢多维科·斯福尔扎长期执政，搅得整个意大利不得安宁。但他最终也难逃阶下囚的命运，在法国的洛什客死他乡。可以说，客居的十年，是他一生中最糟糕的时光。基督教国家最强大国王的遗孀，世界上最美丽的王后，不是也丧命于刽子手的屠刀下吗？这种事例不胜枚举。俗话说，树大招风，天上的众神也在窥视人间的美好。

> 冥冥之中有一股力量仇视人类的强大，
>
> 肆意嘲弄权棒和钺斧，
>
> 将其当成不值一文的玩具。
>
> ——卢克莱修

在我们生命的最后时刻发难，这是命运施展威力的惯用伎俩，将它一直苦心经营的东西毁于一夕。那时，我们会叫得像拉布里尤斯一样："天呐，我又多活了一天。"

如此看来，梭伦的警告是有些道理的。不过别忘了，他是个哲学家，在他看来，是否被命运宠爱并不能决定幸福与否，而功名利禄也不能看得太重。所以，我猜梭伦站得更高，看得更远。他的话可能另有含义：我们在尚未演完人生戏剧的尾声——或许是最难一幕之前——绝不能说生活幸福，因为幸福取决于修身者安详而知足的心境，通达者果断而自信的灵魂。

我们可能一生都戴着假面具：那些华丽的哲学论调，只能让我们做人更加体面；那些不幸的意外遭遇，并不想把我们彻底摧垮。因此，我们得以保持神色不变。不同的是，面对死亡的我们，在扮演人生最后的一个角色时，已经没有什么可装的了，必然实话实说，直截了当地道出肺腑之言。

唯有此时，实话才从心底涌出，
揭开面具，露出了真相。

——卢克莱修

十一

死后方可定论幸福

这句话解释了，为何我们一生的行为都要受生命最后一刻的审判。那是重要的一天，对以往的一切做出判决的一天，一位先哲曾说："这一天是对我逝去的年华盖棺定论的一天。"我将用我的死来检验研究成果。如此才能看出，我的言论是流于表面，还是发自内心。

有些人一生名声的好坏是通过死来定性的。尽管生前声名狼藉，庞培的岳父西庇阿[2]却在死后为自己赢得尊严。有人问伊巴密浓达[3]，在卡布里亚斯、伊非克拉特和他自己三人中，他最尊敬谁，他回答道："那要看看他们怎么死的才能下结论。"上帝已然昭示，评价伊巴密浓达的一生，却不考虑他死时的荣耀和伟大，无异于抹杀他的光辉事迹。

我曾认识三个生前卑鄙无耻、可恶至极的人，他们却死得合于规矩，合于情理，无可指责。

有些人的死是英勇和幸运的，他们的人生路途才刚刚起程，年轻有为、前程似锦，却用轰轰烈烈地死终结了这一切，以致人们铭记了他们的死，却淡忘了他们稍显逊色的生平。壮志未酬，他们的形象比人们预期的更显伟大、荣耀。死亡使他们得到了一生梦寐以求的信誉和威名。

在对别人的生平做出评价时，我必定考虑他们是否死得其所。而对于自己，我想研究我生平的人也许会说，我有好的终结，也就是死得安详，死得宁静。

译注

1. 普里阿摩斯，希腊传说中特洛伊战争时期的特洛伊国王。

2. 西庇阿（约前236—约前184），此处指大西庇阿，古罗马统帅，第二次布匿战争中占领西班牙东南海沿岸地区，切断汉尼拔的后路，扎马战役中败汉尼拔，从而结束第二次布匿战争。

3. 伊巴密浓达（约前420—前362），古希腊底比斯统帅，公元前371年，在"留克特拉战役中"以"斜契"阵法大破斯巴达军，次年攻入伯罗奔尼撒，再予斯巴达以重创，形成底比斯争霸希腊的局势，后指挥曼提尼亚战役亦胜，阵亡。

十二

探究哲理就是研读死亡

西塞罗说过，哲理是为探究死亡而做的心理准备。思辨和冥想可使我们的灵魂脱离肉体，心灵的探索与躯体毫无关系。这一过程像是在研读死亡，又近乎死亡；归根结底一句话，人类的一切智慧和思考，都是要教会人类摆脱对死亡的恐惧。

的确如此，理智通常都在冷嘲热讽，以满足我们的欲望为目的，理智的全部使命就是让我们生活得舒服妥帖，安宁自在。《圣经》中也有如此说法。世界上存在各种派别的思想，尽管它们理念不尽相同，却不约而同地主张追求快乐，与之相反的看法，则在诞生时就会遭到扼杀。哪个疯子会追逐痛苦呢？

在这方面，各哲学派别对此产生的分歧仅表现在口头上。别去相信那些无聊的狡辩。我们不该顽固地纠缠于这个神圣的话题。无论人们扮演何种角色，本质还是自己；无论人们做出何种行为，即便是勇敢的行为，终极目标也都是获得快感。"快感"这个词用在这里很不恰当，只是我非要拿它来刺激人们的耳膜。如果将快感定义为极度的快乐和满足，那么勇敢能为人们带来其他任何行为所无法比拟的快感。勇敢授人以刚健有力、英勇无畏的体验，因而属于高尚的精神愉快。勇敢不应该被视作力量，而应该归类于快乐，快乐这个称呼更亲切、更微妙。其他种类的快感要低级一些，即使无愧于快乐这个华丽的称谓，也好不到哪儿去，毫无优势。

要我说，那些低级的快感伴有诸多困难和不便，不如勇敢纯粹。人们为了享受那些转瞬即逝的快乐，不得不备受煎熬、忍饥挨饿、殚精竭虑或流血流汗；尤其是令人痛不欲生的感情折磨，人们得到满足的同时也在受罪。

人们甚至在上述愚钝的做法上更错一步，认为这些痛苦的磨难可以作为低级快感的激素和作料，并牵强到自然界中万事万物相生相克的法则；而勇敢这样高尚的精神愉悦，不会在困难的压制下冷却、退缩。恰恰相反，经过困难的历练，勇敢会衍生出超凡的完美的快乐，因此变得更高尚、更炽烈、更美好。

快乐是以等量地付出作为筹码的。如果一个人不了解快乐的妙处，更不知道它的用途，那他不配享受这种至高无上的感受。有一种观点认为，人们追求快乐的过程艰辛曲折，却只在最后一刻才可能尝到愉悦的滋味，这岂不是等于快乐从未存在过？因此，人类无法获得真正的快乐，最佳选择是心满意足地追求它、接近它，别妄想得到它。

这种观点是错的，要知道认识和追求快乐的过程本身就是我们的乐趣之一。行动的价值决定于完成目标所收获的幸福感，它是目标的重要组成部分。勇敢所带来的纯粹幸福和无上快乐，足以填满它所有的通道，从第一个入口直到最后一个尽头。不过，勇敢更重要的功效是蔑视死亡，它使我们能够怡然地生活，专注于享受。少了它，一切快乐都会失去光芒。

为此，现有的准则都离不开蔑视死亡这个主题。虽说这些准则一致引导我们蔑视痛苦、贫穷和人类的一切苦难，但这不等同于不怕死。不是所有人都会经受一切痛苦（有些人从未经历痛苦，还有些人从不生病。比如，音乐大师色诺菲吕斯活了一百〇六岁，却一直健康无恙），而且我们在被逼无奈之时，也有选择死亡的自由，让一切烦恼都灰飞烟灭。但是，死亡本身不可避免。

十二

探究哲理就是研读死亡

人人都被推向同一个地方，

骨灰盒中，

　我们的命运早已躁动，

　迟早都会爬出来，

　将我们引上孤舟，

　漂向永恒的死亡。

——贺拉斯

　　所以说，我们不该怕死，否则会受到无尽的折磨，永生不得缓解。死亡如影随形，就像永世悬在坦塔罗斯[1]头顶的那块大石，我们却可以顾左右而言他，淡忘死亡阴影的存在。比如，有些法院在押解罪犯去行刑地处决的路上，赋予他们选择进入某座华丽房屋的权利，并为他们提供美味佳肴。

西西里岛的酒宴，

不会令他忘情欢颜。

鸟语与琴声，

不会让他沉醉梦乡。

——贺拉斯

那些罪犯还会高兴吗？此行的最终之地就在眼前，所谓的美景和佳肴还有意义吗？

他打探消息，掐算时辰，
估计着行走的路线，
想到立刻要被处以极刑，痛不欲生。
——克劳狄乌斯 [2]

尽管死亡是人生的终点站，可我们没得选择，必须向它前进。我们一旦忧心死亡，脚下的步伐就会惶恐不安。一般人选择不去想它，这样粗暴而盲目地自欺实在愚蠢至极，就像把马辔头错安在了马屁股上。

执意倒退着赶路。
——卢克莱修

我们常会陷入误区，这不足为奇。对于死亡，我们谈虎色变，如同听到了魔鬼的名字，胆战心惊，忐忑不安。只要医生的死亡判决书还没摆在面前，我们就会对立遗嘱的事情避而不谈。可一旦得知自己快要死了，悲痛与恐惧会立刻占据我们的内心，如此情形，谁又能保证哀痛中立定的遗嘱具有理性的判断力呢?

死，是个过于刺耳的音节，是个很不吉利的字符，因此，罗马人选择使用更婉转的说法。比如，他们不说"他死了"而是说"他的生命停止了"，或是"他不再活着"。一旦称之为生命，就算已经停止，他们也会得到欣慰。法语中的"已故者 ×××"，就是借鉴了罗马人的用法。

俗话说得好，时间就是生命。按照现行历法计算，每年从一月份开始，而我生于一五三三年二月的最后一天的中午，十点到十二点之间。目前我三十九岁〇十五天，起码还可以活很久，现在就操心那么遥远的事，是不是太疯狂呢? 但这又怎能是发疯呢! 死亡不分年老年少。任何人死的时候同出生时没有两样，无论多么年迈，只要想到玛土撒拉（据说活了九百多岁的圣经人物），都信心满满地认为自己还能再活二十年。

再者说，你这个可怜的白痴，你的死期就那么确定吗? 别相信医生的连篇鬼话! 还是让事实说话吧: 比照人类寿命的平均水平，你活到现在够幸运的了。你已超过了人类的平均寿命。仔细想想，你认识的人中有多少不到你这个年龄就死了的，肯定多于到这个岁数时还活着的。你不妨也算算那些声名显赫的人，我确信，死在三十五岁前的要比三十五岁后的多。耶稣·基督家喻户晓，但他三十三岁就终结了生命；亚历山大名震千古，同样死在相同的年龄。

死亡有多少不可预测的方式？

危险无时不在，

令人防不胜防。

——贺拉斯

发高烧和脑膜炎引发的死亡就不说了，谁能想到，一位布列塔尼的公爵会被参拜教皇的人群挤死，而我们的一位国王曾被杀死在比武场，他的一位祖宗还被一头猪撞死了呢！房子快要倒塌了，埃斯库罗斯躲到空地上，却还是死了——飞鹰爪子里的一块乌龟壳意外掉下，正中脑袋，他当场死亡。还有被一粒葡萄噎死的人呢。还有位皇帝梳头时划破头皮而死。埃米利乌斯雷必达被门槛绊倒而死，奥菲迪尤斯进议会室时撞到大门而死。女人的两腿间也死过不少人，就像教士科内利尤斯·加吕、罗马的夜巡队长蒂日利努斯、吉德贡萨格的儿子吕多维克以及曼格侯爵。还有更不光彩的例子，比如柏拉图的弟子斯泊西普斯以及我们的第二十二世教皇。

有位短命的伯比尤斯法官，他给一场官司的诉讼方八天期限，没等到第八天自己却死了。还有位名叫凯尤斯·朱利乌斯的医生，他在给别人治眼病时，死神却让他先闭上了眼睛。还有我的一位兄弟圣马丁步兵司令。当时他二十三岁，才华横溢，在一次打网球时被球击中太阳穴，没有造成任何伤痕，他也没在意，可五六个小时后，他却因这一击而中风死亡。这种事例随处可见，不胜枚举。面对残酷的事实，我们能不去关注死亡吗？能不担心正在悄然逼近的死神吗？

人们会说，既然不想死，能不死的话，还在乎用什么方法吗？对此观点，我表示赞同。无论什么方法，只要能对抗死亡，就算要我去钻牛肚子，我都不会放弃。前提是，我觉得自在就行。我能想到的好办法，我都愿意尝试。至于是否光彩，是否坦率，我懒得理睬。

> 为了那些令我开心的怪癖，
> 我宁愿被人看成傻瓜，
> 绝不因谨小慎微而郁郁寡欢。
>
> ——贺拉斯

但是，想以此避免死亡，是不可能如愿的。人们东奔西走，忙于生计，而后吃喝享乐，甚至忘了死亡这件事。生活多么美好！犹如晴空霹雳，死亡毫无征兆地降临到他们的爱人或亲友头上，他们毫无准备，只能痛哭流涕，怨天尤人，怒发冲冠或卧病不起。看他们的样子多么颓废、惶恐和狼狈！所以我们必须早做准备。那种对死亡毫不关心的态度，如果是在一个理智的人的头脑中萌生——我认为可能性几乎为零——就会让他付出惨痛的代价。如果死亡这个敌人可以逃避，那么我们完全该去宣扬利用怯懦这个武器。可我知道，它不可避免。既然它不去区分逃跑者、胆怯者或者勇敢者，

> 它对逃跑的壮汉穷追不舍，
> 也不饶过胆怯的青年，
> 紧盯着他们的腿弯和后背。
> ——贺拉斯

既然你没有盔甲般刚毅的性格作保障，

> 即使躲在盔甲里面也是枉费心机，
> 死神会从暗处伸进镰刀。
> ——普罗佩提乌斯[3]

那我们只有顽强地面对死亡，斗争一番。为了使死亡不再那么强势，我们必须打破常规，时常想象死亡，时常练习

十二

探究哲理就是研读死亡

面对死亡，把它看作一件平常事。我们要想象可能发生死亡的各种情形：跌落下马，屋顶失足，被针刺伤。扪心自问："如果就这么死了会怎么样？"这时，我们的心灵要坚强起来，尽力抗争这些可能发生的死亡。

节日狂欢时，一定要念及我们的健康，不要太过放纵，以免乐极生悲，切记死亡会掠走生命。在宴席酒过三巡时，埃及人会抬上来一副死人骨架，摆到美味佳肴的中间，以警示人们不要暴饮暴食。

> **把你的每一天当作最后一天来度过，**
>
> **感激它赐予你额外的恩泽和生命。**
>
> ——贺拉斯

谁也无法确定死神在何处守候，所以我们必须随时随地恭候它的光临。思考死亡，也就是在思考自由。谁读懂了死亡，谁就拥有了挣脱奴役的心灵，就能突破束缚与强制的重围。谁真正懂得了失去生命并非坏事的道理，谁就能对生活中的任何事泰然处之。马其顿国王成为保尔·埃米尔的战俘，他差人哀求埃米尔，不要把他像战利品一样带回去。埃米尔却回答："让他向自己求饶吧。"

无论什么事情，如果站在命运的对立面上，即便手段再高明，本领再高强，也会徒劳无功。我的个性并不忧郁，只是喜欢胡思乱想，想得最多最深的正是死亡，即使在年轻放荡时期也是如此。

风华正茂，风流多情。
——卡图卢斯[4]

旁观寻欢作乐的男男女女，我并不像别人揣测的那样——心中充满嫉妒和渴望。在那些情况下，我的耳畔也会响起警醒的声音：前几天某某人放纵贪欢，脑子里塞满逍遥、情爱和肉欲，因兴奋过度而突然死亡了。

那一刻将要消逝，并一去不复返。
——卢克莱修

想象死亡是很平常的事，我连眉头都不会皱一下。不过，起初想到死时，我会很不舒服，但想得次数多了，时间久了，也就习以为常了。否则，我恐怕会惶惶不可终日，坐立不安。没有人像我这样轻视生命，也没有人像我这样无视生命的长短。至今为止，我的身体一直很健康，极少生病，但我对生命的期望不会因健康或疾病而增减。我感觉自己每

十二

探究哲理就是研读死亡

度过一分钟就是成功逃过一劫，我反复提醒自己："未来某一天可能发生的事，也可能发生在今天。"

的确，某些意外或危险可能不致死亡。不过，试想一下，即使对我们生命产生最大威胁的危险没有发生，仍然有为数不少的危险随时会降临到我们头上。这样，你们可能会感到，无论快乐抑或焦虑，出海抑或在家，工作抑或休息，死亡都近在咫尺。谁也不会比谁更脆弱，也不会对未来更有把握。

去世前我有许多事要做，即使只需一小时就能做完，我也无法保证一定有机会去做。有朋友翻阅我的随身笔记，发现上面写着我死后的安排。那是一则备忘录，我记得，那天我要去的地方离家只有一千米远，我身体无恙，心情愉悦，但我不确定能否平安回来，于是匆匆记下了我的想法。这些想法一直铭记于我的脑海，萦绕于我的心头。我时刻做好准备，应对可能发生的不测。死亡降临时，我才不会措手不及。

我们要尽量做到随时准备离去，

尤其要注意莫管闲事：

人生苦短，何必斤斤计较！

——贺拉斯

麦穗至
成熟饱满时

Les
Essais

90

自己的事尚且忙不过来，哪有精力管闲事。有人抱怨死亡使他功亏一篑，没能打完一场漂亮的胜仗；有人不愿在儿女婚嫁或毕业前撒手人寰；这人离不开妻子，那人舍不得儿子，似乎陪伴妻儿是他们人生的唯一乐事。

谢天谢地，我的思想准备业已完成，可以随时随地告别人世。虽然对生命尚有眷恋，失去生命会令我悲怆伤怀，我却没什么好遗憾的。我断绝了一切关系，同每个相关的人告别，只差没同自己告别了。从没有人像我这样，在思想上对死亡准备得如此充分，对生命毫不贪婪。

> 不幸啊不幸，他们抱怨，
> 不到一天就夺走了我的一切。
>
> ——卢克莱修

而建筑师会说：

> 未竣工的工程半途而废，
> 未砌成的墙壁摇摇欲坠。
>
> ——维吉尔

请不要做好高骛远的计划，至少不要让你的计划不着边际。我们生来就是为了工作：

但愿我死时还在工作。

——奥维德

人人都应该工作，尽力发掘生命的意义。但愿死神降临时，我正在菜园中干活，我对他无所畏惧，对没种完的菜园更不在乎。我还曾见过一个为国王作传的人，临终前他开始怨天尤人，痛骂命运不让他完成手头的工作——他只写到我们的第十五或十六位国王。

谁也没有考虑这一点：

人死后带不走任何财产。

——卢克莱修

我们应该摆脱这种平庸而无益的心境。库尔格斯说："把公墓建立在教堂旁或闹市边，是为了使民众，包括妇女、儿童，见到死人不再惶恐不安。"时常见到灵柩、遗体和坟墓，我们就不会忘记警醒自己：

古代宴会惯用杀人助兴，

死尸压倒酒杯，

鲜血溅满菜肴，

景象惨不忍睹。

——西利乌斯·伊塔利库斯 [5]

埃及人在宴会末尾向宾客展示死人的画像，拿画像的人还会高喊："喝吧，乐吧，你们死时就是这个模样！"好在，我已养成习惯，心里时常想象死亡，嘴边更是时常念叨。我最感兴趣的事就是人死时的情形：他们有什么话语，有什么神情和表现；我最爱读的书也是有关死亡的论著。

看看我的书中大量关于死亡的举例，你就会发现我对死亡情有独钟。假设我去编书，就编一部死亡评论集：谁授人生之书，谁授人死之章。

事实上，狄凯阿科斯 [6] 编过一部这样的书，但出发点不同，于我无用。

有人会说，想象毕竟不是现实，难免差之毫厘，谬之千里。剑术再高，也会受伤。随他们说去吧。我坚信，事先考虑有百利而无一害。再说，泰然自若地走向死亡，难道不伟大？况且，造化会赋予我们勇气。如果死亡突然凶猛来袭，我们根本没时间害怕；相反，如果不是猝死，人们会随着疾病的恶化，自然而然地看淡生命。相较身体健康之时，人在患病时更容易下决心去死。

我已不再那么贪恋生命，不再好奇，所以我对死亡的恐惧愈加轻微。这使我对死亡的一刻反而满怀希望：随着生命的消逝，死亡的临近，我将愈加适应生与死的轮回。

恺撒指出，同一样事物，从远处看会比近处看显得更大。我反复尝试后发现，人在无病时反而比病中更惧怕疾病。在我身心健康、精力旺盛之时，一想到病重时截然相反的状态，我会立刻放大疾病带来的痛苦与烦恼。而若我真的重病缠身，病痛也未必比我想象得严重。我只想借这痛苦来适应死亡。

观察我们身体的日常变化和逐渐衰老，就可以明白造化是如何将岁月刻在我们的脸上的。对于年迈之人，青春激情所剩几许？

唉！老年人还有几度春秋！
——马克西米努斯[7]

一个卫兵在筋疲力尽之时想要寻死，哀求恺撒允许他这样做。恺撒见他失魂落魄、面容枯槁，开玩笑道："你居然以为自己还活着！"任谁也无法承受突如其来的死亡，可是，当死神牵着我们的手，引导我们缓步走下斜坡，我们就会对那种凄惨氛围逐渐习以为常。诚如青春从我们身上流尽时，我们竟然不会感到震惊。青春消逝，本质同样是死亡，甚至比生命枯竭、衰老而终更加不堪忍受。尤其从赖活到好死不会有大的跳跃，正所谓福祸相依，否极泰来。

弯曲的身体无法承重，心灵亦是如此。只有挺直腰杆、心胸开阔，人才能擎起死的重压。心中恐惧越多，越无法安宁。能做到坦然面对死亡，我们也不会再为忧虑、痛苦、恐惧这些小烦恼而心慌意乱，我们才可以集中注意力改善和超越生存的处境。

> 暴君威逼的怒视，
> 亚德里亚海上的风暴，
> 朱庇特手中的霹雳，
> 无一能够撼动坚定的心。
>
> ——贺拉斯

这样的心灵会节制淫欲和贪婪，扭转贫穷、屈辱以及任何不公正的命运。我们应该竭尽所能，以获取这一优势。它

十二
探究哲理就是研读死亡

是至高无上的自由，它赠予我们蔑视一切暴力和不公的力量，它赋予我们无视监牢和铁镣的勇气。

> 我将你锁进手铐和脚镣，
>
> 交给凶残的狱卒看守。
>
> "神会来救我的。"
>
> 你不如说：
>
> "我想死，死了一切都会结束。"
>
> ——贺拉斯

我们的宗教以蔑视生命为可靠的根基。通过推理，我们不难得出如下结论：既然失去的东西难以追回，后悔无用，我们为什么还要害怕失去它？既然死亡对我们的威胁形式多样，害怕又有何用，何不勇敢地面对其中一种？

既然终将一死，早死晚死又有何妨？有人告诉苏格拉底："三十僭主已判你死刑。"他只是说："上帝会惩罚他们。"

死亡有消弭一切痛苦的功效，为此犯愁何其不值！

周身之事随我们诞生而出现，随我们死亡而消失。我们不会发神经，为一百年前我们尚未出世时的旧事号啕大哭。死亡预示着另一种新生活的开始，死时我们悲伤流泪——耗费巨大代价，我们才进入这新的生活；步入这新的生活时，我们遗弃了昔日的面具。

死亡只会发生一次，也就无所谓痛苦。为瞬间之事而长期担忧，这样做值得吗？长寿者与短命者在死亡的瞬间并无什么差别。对于不复存在的事物，寿命一词毫无意义。亚里士多德说过，西帕尼斯河上有一些小生物，寿命仅一天。上午八点死算夭折，下午五点死算寿终正寝。我们不会把寿命的长短同幸福与否画上等号。同样地，拿我们的生命同永恒宇宙、高山河流、日月星辰，或是草木枯荣、动物生息相比，我们就会发现存活的时间长短不那么重要了。

我们的死早已被造化确定。它说："离开人世吧，就像你来到时那样。从死到生的过程里，你没有热情，也没有恐惧，现在，你将从生到死，以同样的方式重复这个过程。你的死是宇宙秩序的一部分，是世界繁衍的一部分。"

人类将生命世代沿袭，

就像火炬手交接火炬。

——卢克莱修

难道为了你，我就更改自然的既定法则吗？从你出世那天一切已经确定，死亡是你生命的组成部分，逃避死亡等于逃避自我。你拥有的新生，既属于生命之神，也属于死神。在那一天，我在给予你生命的同时，已开始把你引向死亡。

出生，即宣告生命的开始。

——塞涅卡

有生便有死，有始便有终。

——马尼利乌斯[8]

你所拥有的一切，都是向生命索取而来，都是在损耗生命。因此，你在不懈营造的正是死亡。只要活着，你就在死的过程中，因为你不再活着时，你的死亡也已结束了。

或许，你更想活够了再去死，可只要活着你就是垂死之人。相对于已死者，死神对垂死者的打击更严酷，更剧烈，也更深切。

如果你已充分享受过人生，就该懂得知足，那就痛痛快快地赴死吧。

为何不像酒足饭饱的宾客，

心满意足地离去？

——卢克莱修

假如你不懂得珍视人生，让生命偷偷溜走，那么失去它
又有什么关系？你还要它干什么？

延长生命也是白白浪费，

何苦还要延长？

——卢克莱修

生命本是一张纸，没有明确的好与坏。活过一天，你就
见识了这个世界。一天与无数天没什么区别，不会生出别的
光明和黑夜。同一个太阳，同一个月亮，同片星空，这一切
的光明曾照耀着你的祖先，也将泽被你的后人。

你的父辈未曾看到的，

你的子孙也不会看到。

——马尼利乌斯

十二

探究哲理就是研读死亡

同样，我创作戏剧时喜欢将不同几幕剧情安排在一年之中。只要留意其中的四季变化，很容易分辨出这包含了世界的童年、青年、壮年和老年。如同现实中，一年四季严格遵照规律变更，周而复始，永不止息。

> 我们转动的轨迹，永远是同一个圆周。
>
> ——卢克莱修

> 一年四季规则地围绕自身轮转。
>
> ——维吉尔

"我绝不会为谁创造新的景致。"

> 我已山穷水尽，难以为你创新，
> 新的消遣不过是在重复老一套。
>
> ——卢克莱修

前人把位置让给了你，现在轮到你腾出地方给后人了。

没有平等，公正也无从谈起。若每个人都意识到终有一死，还会有人抱怨不休吗？即便你认为自己活得毫无意义，你也无法缩短死亡时间，再努力也是在做无用功：如果你对死亡惶惶不可终日，那么你在襁褓中就已死亡。

> 你可祈望千年寿命，
>
> 死亡却日复一日地发生，不曾改变。
>
> ——卢克莱修

"通常，我会把你安排妥当，不让你留下丝毫抱怨。"

> 要知道，死神不会让另一个你苟延残喘，
>
> 站在你尸体旁为你哭泣。
>
> ——卢克莱修

也不会让你留恋那已丧失的生命，

> 没有人会常念逝去的生命，
>
> 那些遗憾不再使我们黯然神伤。
>
> ——卢克莱修

死并不比无令我们感到恐惧，没有什么比无更可怕。

十二

探究哲理就是研读死亡

在我们看来死亡代表失去，

但死亡已经是无，还能失去什么呢。

——卢克莱修

时光同你的生与死均无关系：生，因为你存在；死，因为你不存在。

从前天长地久的时间，

对我们已了无影踪。

——卢克莱修

只有你寿命之内的时间才与你有关。正如你生前的时间不属于你，你死后的时间也不属于你，不再与你有一丝关系。

要知道，在永生前消逝的时光，

我们丝毫无法干涉。

——卢克莱修

无论你的生命何时终结，它都会完整地停留在那里。生命的影响不在于长短，而在于存在方式。有的人活了很久，却毫无内容，等于没活过——活着时，你要提防这一点。你的生命是否有意义，取决于你的意愿，而不论你活的年头。你是否认为，理想中的地方永远也达不到？但是，哪条路没有尽头呢？

　　如果结伴而行会让你轻松一些的话，那么世界不是在和你同行吗？

> **你死后，世间万物将随你一同死亡。**
>
> ——卢克莱修

　　从某种意义上说，世间万物都在随着你的摇晃而摆动，诞生、生长、衰老，直至你死亡的那一刻，万物终止。

> 黑夜又白昼，白昼再黑夜，
> 时时刻刻能听到婴儿的哭声，
> 同葬礼上的哭声混成一片。
>
> ——卢克莱修

已经无路可退，还有后退的必要吗？多数人在死时能够找到高兴的理由，比如，死亡使他们免遭许多痛苦。可是，你见过有人死时为他们的怨怼找到什么好的理由吗？对没有亲身经历过的事，你偏要横加责难，这难道不是无理取闹？你为什么要抱怨我，抱怨命运？我什么地方对不住你？是你控制我，还是我控制你？虽然你寿命不长，但你的生命已经完结。年长者或年幼者，都是一个完整的生命，不会因为寿命不长而残缺。

人的生命无法用尺子来度量。当时间与生命之神萨图恩告知他的儿子卡戎永生的条件时，卡戎直接放弃了永生。请沉思一下，假如我不给人类限定寿命，你就会永生不死，就会遭受无尽的痛苦。你若真的长生不老，很快就会诅咒我了，只因我剥夺了你死的权利。我有意给死附加苦涩，否则你看到死比生来得容易，一定会迫不及待地去死。为了使你沉着理智，按我的要求去做，既不逃避生，也不逃避死。我让生带着甘甜，让死带点苦涩，维系它们的平衡。

我教给你们的第一个哲人泰勒斯说过的一个道理：生死无异。所以，当泰勒斯被问及不死的秘密时，他才会说：因为两者并无区别。

水、火、土以及我，都是这座大厦的构件，既构成了你的生命，也构成了你的死亡。最后一天为什么那么可怕呢？

死亡在这一天不会与其他任何一天不同。迈出最后一步不会增加疲劳，但是你已精疲力竭。每一天都在向死亡走近，而最后一天到达了终点。

以上就是造化——创造我们的本体——给予我们的忠告。可是，我常在想，不管是亲身经历，还是亲眼看见，在战场上时，死神的面目似乎不像平时在家中时那么可怕，医生不会接踵而至，家人不再为之痛哭。同是面对死亡，山野村夫和卑贱之人却比其他人更加泰然。

恐惧的神情和可怕的抢救重重围住死亡，在我看来，这些比死亡本身更让人害怕。那是一种翻天覆地的生活波动：妻儿老小哭天抢地；亲朋好友闻讯色变，探望而来；用人们担惊受怕，面无血色，泣不成声，里外忙碌；卧室中点起蜡烛，昏暗明灭；病者床头围上医生和布道者。一句话，家里家外一片惶恐。人还没等死亡已像入殓埋葬。同孩子一样，我们害怕自己的朋友戴假面具，应该把所有的假面具都摘掉。一旦抛开面具，我们就会发现，死亡其实并不可怕：同不久前我们某个贴身男仆或女仆安详的死相比，我们的死没有一点不同之处。

如果抛却那些繁杂的准备工作，死亡该是多么幸福！

十二

探究哲理就是研读死亡

译注

....

1. 坦塔罗斯：希腊神话中的一位国王。因触犯其父主神宙斯，被罚立在齐颈深的水中，他的头顶上吊着一块大石头，随时都可能掉下来，将他压得粉碎。

2. 克劳狄乌斯（前 10—54），克劳狄王朝的第四任皇帝。

3. 普罗佩提乌斯（约前 50—前 15），古罗马诗人。善写以神话故事为题材的哀歌和爱情诗。

4. 卡图卢斯（约前 87—约前 54），古罗马诗人。

5. 西利乌斯·伊塔利库斯（28—103），古罗马政治家、演说家、诗人。

6. 狄凯阿科斯，古希腊哲学家。

7. 马克西米努斯，古罗马皇帝（235 年—238 年在位）。

8. 马尼利乌斯，一世纪的罗马诗人，著有《天文学》。

麦穗至成熟饱满时

Les Essais

十三

谈想象力

学者认为：超凡的想象力可以创造奇迹。

我能够感觉得到，想象力潜藏着巨大威力。人人都有想象力，有些人被它搞得神魂颠倒。我则被它压得喘不过气，只能避其锋芒，而非挡其去路。我愿意同健康快乐的人交往。若是看到别人忧心忡忡，我也会犯愁。

别人的感觉往往会影响我的感觉，听到咳嗽声，我的肺部和喉咙也会跟着有反应。所以，除非是关系密切之人，我是不愿去探望不关心和不敬重的病人的。我琢磨什么病，就会染上什么病。

放纵想象会导致有些人得病，甚至死亡。对此，我见怪不怪了。我记得有一天，我在一位患肺病的老富翁家里遇见了名医西蒙·托马斯。他正在和病人商讨治疗方案，竟提议将我留在病人身边陪伴，理由是多注视我朝气蓬勃的面容，多感受我生机盎然的青春，让我的朝气填充病人的各个感官，这样做对病人的健康大有裨益。不过，他忘了一点，我的身体也会生病。

加吕·维比执意研究疯病的病理和诱因，结果自己也疯了，且始终没能治愈。他当然可以疯言自己是聪明过头而疯的。有些人不必刽子手动刀，自己就把自己吓死了：一个囚犯被送上断头台，这时，有人来给他松绑，向他宣读赦令，他却心生幻觉，吓得一命呜呼。在想象力的刺激下，我们变得浮躁不安，浑身抽搐，脸色阴晴不定，躺在床上身体却蠢蠢欲动，甚至兴奋得欲生欲死。旺盛的青春对我们兴奋点的撩拨，使我们倍感煎熬，熟睡时也会在梦中迸发欲火：

> **仿佛真在做爱，直到高潮，**
> **精液外泄而湿了内衣。**
>
> ——卢克莱修

梦见自己长角的例子有很多，但意大利国王居普斯的梦却值得一提。这位国王白天颇有兴致地观看斗牛比赛，回来后整晚梦见自己头上长了一对牛角，自此他陷入自己额上长角的臆想之中。罗伊斯的儿子天生嗓音嘶哑，父亲死时他悲痛欲绝，却因此嗓音好转。安条克为斯特拉托尼丝的美貌而着魔，日思夜想竟为此得了疯病。大普林尼坚称，他亲眼看到加吕·柯西蒂在新婚夜由女变男。关于近几个世纪以来意大利发生的各种变性事件，蓬塔尼及其他几个人也叙述过，只因他和他的母亲的热切愿望。

伊菲做女人时的夙愿，
做男人时实现了。

——奥维德

在维特利·勒·弗朗索瓦地区，有一个名为玛丽·日耳曼的男子。当地人都知道他二十二岁时名叫玛丽，仍保持着女儿身，直到主教为他行坚信礼时才赐他男子的姓名。我见到他时，他已经老了，胡子拉碴，终身未婚。传说，因为向前跳时用力过猛，他的下身长出了男性器官。当地女孩们至今还传诵着一首歌谣，提醒自己不要跨大步，以免变成男人，就像玛丽·日耳曼那样。这种传言屡见不鲜，不值得我们惊讶。因为想象力一旦盯上某件事，就会死死咬住它，绝不松口。因此，为使人们免受相同意念和欲望的反复纠缠，想象力干脆一劳永逸地让女孩长出男根。

有人说，想象力造成了达戈贝尔国王和圣弗朗索瓦的伤疤——一个担心得坏疽病，一个时常想象耶稣受难的场景。还有人说，自己可以凭借身体天赋腾空而起。塞尔苏斯[1]说，有位神甫沉迷于宗教，竟可以长时间地屏息凝神。圣·奥古斯丁说，一位教士只要听到悲哀凄惨的呼号就会昏厥，任人摇他、吼他、掐他、烫他都没有知觉，直到他自然苏醒。他说他听到了一些声音，好像从远处传来。他很惊讶，因为身上到处是被掐过和烫过的瘀痕。然而，他刚才既无脉搏也无呼吸，证明他绝对不是装死找罪受的疯子。

人们相信，奇迹、幻觉、魔法和各种神奇的事，都是想象力在作祟。意志薄弱者容易被想象力左右，他们相信一切传闻，道听途说的事也当作眼见为实。

我认为，某些流传广泛、对我们身心健康影响巨大的戏谑性的谣言，完全是出于恐惧和担忧。我有一个朋友，我确信他原本并不阳痿。但从他的朋友那里听说了阳痿的经历后，这件可怕的事情激发了他的想象力，他在相同的情形下也遭遇了同样的厄运。从此，这件倒霉事烙进了他的记忆，折磨和纠缠着他，使他屡屡在爱人面前难堪。

他找到了治疗办法，成功用另一个想法克制住那个纠结的恶念。通过正视这种自卑心理，他紧张的精神得以放松：即便失败也是意料之中的事。思想负担的解除，使他的身体功能恢复正常，当他首次按照意愿去尝试时，他顿时痊愈了。

只要有一次做成，就会继续成功下去，除非是真的无能。

当欲望和恐惧造成精神过度紧张时，特别是在意外和紧迫的情况下，男人就容易出现阳痿，因为我们无法集中精力。据我了解，有些人在这件事上适可而止，等待疯狂的冲动冷却下来，随着年龄渐长，他因为较少逞能，也较少无能。还有个这样的人，因为朋友告诉他祛除魔法的良方而欣喜万分。这件事值得一提。

事情的经过是这样的：这位朋友与我私交不错，出身贵族。他与一位美貌的女子结婚，女子的一位追求者也参加了婚礼。对此，他的亲朋好友不无担心，特别是一位老妇人，她是伯爵的亲戚，婚礼就在她家举行。她担心会发生"绳结"巫术，并把这担忧告诉了我。我请她尽管放心，这件事包在我身上。在我的藏品中，有一枚金质的小纪念章，上面刻有天使群像，把它贴在眉心，能起到防中暑、祛头疼的功效。这纪念章系上带子，就可以当作项链。说来荒唐，但这件宝物是雅克·佩尔蒂送我的礼物，我想让它派上用场。

我告诉伯爵，他可能会遭遇某种尴尬的境地，因为有人在找他麻烦，但我叫他放心去做想做的事，作为朋友我会在他需要时给他惊喜，只需他发誓守口如瓶，并设法在那种意外发生时递我暗号。我的话使他有些沮丧，他开始胡思乱想，果然发生了意外。按照事先约定，他发给我暗号。于是，我要他以赶走我们为借口，离开卧室，开玩笑般夺走我身上的睡袍，穿在他的身上（我和他体形相当），然后按我的指示完成整个过程：等我们走后，他就躲进厕所，默念三遍某个祷告词，重复五遍某些动作，每次祷告，都要把我给他的带子紧一紧，必须让系在带子上的那枚纪念章紧贴胸口，保持某个角度，然后把带子系紧，保证纪念章不会移动或脱落，最终放心地去和新娘行房事。我还命他把我的睡袍铺到床上，遮盖他和新娘的身体。

这些荒唐的做法是偏方得以成功的关键环节，要使他的思想挣脱困境，我必须依据某些玄学理论，使用稀奇古怪的做法。这些做法神秘莫测，也就看似庄重，令人生畏。不过，我心知肚明，那枚纪念章根本不能防中暑，但也许可以刺激情欲，与其说在破咒，不如说在催情。我是因一时兴起和好奇才揽下这件事，但这与我的本性相违背：我一贯反对投机取巧和弄虚作假，凡是钩心斗角的事，不管是开玩笑，还是利益驱使，我一概厌恶。行为虽不恶劣，方法却不道德。

埃及国王雅赫摩斯二世的妻子是希腊美女拉奥蒂斯，他在床上一向表现出色，同拉奥蒂斯却难以交合。他认为是中了魔法，便要除去拉奥蒂斯。这类事总是祸出想象，拉奥蒂斯便劝说国王向爱神许愿。果然，祭祀后的当晚，雅赫摩斯就神奇地征服了拉奥蒂斯。

事实上，女人不该对枕边的男人皱眉头、发牢骚或躲躲闪闪，这会使我们刚刚燃起的欲火又熄灭掉。毕达哥拉斯的儿媳坦言，女人性爱时，应该把矜持和裙子一起丢弃，下床后，穿上裙子再恢复矜持。初夜时，男人受各种焦虑心理影响，很容易失败；一旦想象力使他遭到了羞辱（这种痛苦常出现在初次做爱时，因为这时欲望最强烈，情绪也最冲动，最容易失败），或者开头不好，这次意外导致的焦躁和气恼就会影响很长时间。

新婚夫妇时间充裕，没有做好准备，就不要急于尝试或行事，得体、激情和兴奋地拥抱对方，等待亲密多于不安的时候再行事，要好于因第一次就遭拒绝而惊异和绝望，以致终生痛苦。在做爱前，被动的一方应多些热情，不时地表现些许主动，不要让自己消极等待。那些了解自己的生殖器天性软弱的人，则要警惕想象力的陷阱。

作为男人一定深知那个器官的恣意妄为、桀骜不驯：不用它时，它经常不合时宜地跃跃欲试；可是最需要它时，它却不配合地萎靡下去。它同我们的意愿背道而驰，傲慢而顽劣地拒绝我们身心两方面的要求。无奈的是，即使能够证明它大逆不道，罪该万死，如果它出钱请我辩护这桩案子，我还是会将质疑转嫁给身上的其他器官，比如肾脏。其他器官

十三
谈想象力

嫉妒它的功绩和优遇，从而挑起这场早有预谋的争论，蓄意挑拨我们与它为敌；它们居心叵测，把共罪推到它一人身上。

原因很明显，回想一下，我们身上哪个器官不是经常拒绝我们提出的要求，不是经常违背我们的意愿而独行其是？每个器官都有各自的意念，器官的苏醒和沉睡不用我们下令，而受意念的控制。我们下意识流露的表情，反复出卖我们的真实感受，将我们暴露在大庭广众之下。除了脸部，心、肺和血脉也会莫名其妙地亢奋起来。比如，面对赏心悦目的事物，兴奋和激动会在我们周身奔涌。不止肌肉和血管，我们的毛发也会因激动和恐惧擅自竖起，肌肤自行颤抖；在某些诱惑下，我们的手会伸向不该伸向的地方；舌头会打结，声音会哽咽。当我们面临饥饿时，填饱肚子的欲望会无视我们的禁令，剧烈地刺激肠胃，就像情欲刺激生殖器那样，毫无道理地背弃我们。肛门和尿道都是按照自己的意愿进行扩张和收缩，根本不把我们放在眼里。

为了给医院树立绝对权威，圣·奥古斯丁说他见过一个能够控制放屁的人，想放多少就能放多少。圣·奥古斯丁的注疏者比维斯用新时代的事例佐证了圣·奥古斯丁的说法。他声称，有人能够按照颂诗的音调，将屁放得抑扬顿挫。这些例子当然不足以证明臀部一定会言听计从。我认识一位很刻薄、很孤僻的人，他逼迫他的师傅不停地放屁，直接导致了他师父的死。

在这之前，我们为袒护自我意愿，指责了生殖器官。但是，难道不该指责我们的意愿？它何尝不是行为出轨、漠视指挥，何尝不与我们作对？难道它甘愿老实地想我们之所想，急我们之所急吗？难道它不是经常想我们所禁止的、有害于己的事吗？难道它不是经常违背理性决定而冲动吗？

总之，我想为我的当事人辩护："请大家注意一个事实，我当事人的案件，同一伙利害关系紧密的家伙彼此关联，应当一视同仁，可是，只有我的当事人受到了指责，控方还列举论据，妄图利用其他器官的自身条件证明，它们和我的当事人不存在共同利害关系。由此可见，控方的野蛮和不法昭然若揭。"

无论如何，自然法则都会无视法庭上的争论与判决，仍然自行其道。它英明地赋予生殖器繁衍人类的特权，让它承担这一不朽的使命。别忘了，苏格拉底告诉我们，繁衍生息是神圣的使命，是爱情的结晶，是对永生的追求，是人类的永恒守护神。

因为个人想象力的差异，有的人在国外某地治愈了颈淋巴结核，而他的病友却没治愈又把病带回了家乡。所以说，

十三

谈想象力

治病这类事情，要求病人诚心诚意。医生在着手治病前会反复向病人保证能够药到病除，以此让他们建立必好的信念，从而发挥想象力的功效，以弥补不确定的药效。医生们都知道某位神医的传世之作中写明：有些病人一见到药就会痊愈。

　　还有一个故事可以为例，是我从家父的一位密友那里听来的："那人是瑞士的药剂师，朴实爽朗（瑞士人不虚浮，不说谎）。从前，他在图卢兹认识了一位身体虚弱的商人，患有结石病，经常进行草药治疗。因为担心病情，商人不断请求医生给他开药，之后，就按服用方法定时吃药，一丝不苟。他习惯摸一摸药的温度，然后躺下仰卧，一切都按部就班，就是不去喝药。流程走完，药剂师离开，商人舒服地躺着，看上去就像刚服完药的人一样，他的感受也是如此。如果效果不好，医生便再给他开两三副一样的药。"家父的密友严肃地补充说，"为了省钱（药虽不喝，却要付钱），商人的妻子试图用温水代替药汤，但效果大不相同，商人也会察觉，所以，只好一切照旧。"

　　有位妇人，误以为吃面包时吞进了一根针，大喊大叫，深陷焦虑，就像真有根针卡在喉咙里，让她疼痛难忍。可事实上，那妇人的喉咙没有一点红肿胀痛。有个聪明人判断，是幻觉在作祟，估计是一块面包戳了一下她的喉咙。他让她呕吐，在呕吐物中偷偷扔进一根针。那妇人信以为真，顿时症状全无。另一位贵族在自家宴请几位高贵人物，三四天后开玩笑说。给他们吃的猫肉来自瘟疫感染的死猫。贵宾中的一位女士，听说后吓得出现呕吐发烧症状，竟不治身亡。就连牲畜也逃不过想象力的束缚，比如，狗可能因为主人去世，紧跟着也悲痛死去。而且，我们还发现，在睡梦中，狗会尖叫或扭动，马会嘶叫或蹬腿。上面这些应该足够说明，思想和身休互相影响，紧密关联。

想象力不仅是自己的事，有时也会影响他人。这是另外一码事。有些人的疾病可以传染，比如瘟疫、天花和红眼病：

看一下病眼，没病的眼睛就会染病，
许多疾病都是这样传播的。

——**奥维德**

我们发现，想象力一旦被激化，同样会射出利刃伤害他人。传说，远古的斯基泰王国里，有些妇女能用愤怒的目光杀死别人。乌龟和鸵鸟用目光就能孵卵，或许，它们的目光有生育功能，还有巫师眼光狠毒。

他们的眼睛极具攻击性和危害性，
左眼或者右眼，慑服了我的羔羊。

——**维吉尔**

十三
谈想象力

我认为，关于巫师的传闻不值得相信，但从已有的经验看来，女人们确实能用幻想给腹中的胎儿打上了烙印，比如，有人就会莫名生出摩尔人。波西米亚国王见过一个全身长毛的意大利女孩，据说她的母亲只因看了圣·让·巴蒂斯的一幅画就怀上了毛孩。

　　动物的例子也有。比如，雅各的羊群皮毛变色，鹧鸪和野兔因看见白雪而变成白色。前几天，我家的猫窥视书架上的鸟，它们目光相对，不知是由于想象中的恐惧，还是被猫的视线所震慑，鸟赴死般跌落在猫的爪下。驯鹰打猎的人一定知道，有位驯鹰师举目凝视天空中飞翔的鹞鹰，宣称他仅凭目光就能让那只鹰落地，有目击者证明他所言属实。此外，我在此借用这些故事，也是出于对说故事人的深信不疑。

　　上面的故事都是我的听闻，都经过我的理性筛选，但并不是我的亲身经历。每个人都可以加进自己的事例，暂时找不到事例的话，不妨细心观察，意外的事每天都在发生，数不胜数。

　　如果说我上面的类比不够恰当，那只能等待他人做出更好的了。

　　还要说明的是，在研究人类习俗和行为时，我会将一些可能发生的稀奇古怪的见闻，当作真人真事借鉴引用。无论有抑或没有，发生在巴黎抑或罗马，事中人是让或是皮埃尔，总归都是人类智慧的结晶，更何况还经过了我的细心挑选。在研究运用那些材料时，我会谨慎地透过表象去注重它们的本质。从同一类事例的不同材料中，我会慎重选用最珍贵、最值得记忆的内容。有些作家习惯于复述发生过的事，而我坚持讲述我所知的将会发生的事。假设不相似事物的相似性在哲学上是被允许的，我并不会这样做。我忠于史实，举例时慎之又慎。我所选的事例，道听途说也好，自我言行也罢，绝不歪曲事实。我自有一套严格的行为准则，即使这样我也难免会因为无知而犯下错误。

对于这一点，我常想，都说神学家或哲学家的意识和判断力理智而不偏倚，那么让他们来写历史可能更加合适。他们不会相信任何民间传说，不会为陌生人的言行负责，也不会做出没有真凭实据的论断。即便把他们拉到法官面前宣誓，他们也绝不会对眼前发生的纠纷提出任何证词，因为眼见不一定为实。他们还会保持与所有人的距离，不会给任何人的任何事做担保。

我认为，单论风险，写过去比写现实要小得多，因为作家只需叙述一段既定的事实。有些人力促我去写现实，理由之一是，我看问题很少感情用事；理由之二是，我有机会接触各派系的头面人物。不过，他们忘记了，即使给我像历史学家萨卢斯特同等的荣耀，我也不会呕心沥血去写作，因为我讨厌责任、勤勉和恒心；再者说，冗长的叙述并不是我的写作风格。我的文笔不够连贯，既无章法，主题也不够深入，在描写一些最平常的事情上，甚至不及一个孩子斟酌字句的能力；可贵的是，我说话一贯有一说一，做事一贯量力而行；即使向人请教过，我行事时也会保持自己的原则；我生性放荡不羁，会随心所欲，依据情理发表法律所不容许并命令惩处的论断。普卢塔克[2]可能会一针见血地指出，如果他写的事让所有人奉为真理，那一定是别人的作品；如果那些事能启迪后世，就像一盏明灯，指引我们走向道德的完善，那才真的是他的作品。

过去的事，无论如何不会比劣药更危险；未来的事，却是未知的。

译注
....

1. 塞尔苏斯（约前25—50），罗马百科全书编纂者。
2. 普卢塔克（约46—约120），古希腊作家，代表作《希腊名人比较列传》。

十四

论损人利己

雅典人狄马德斯谴责一个贩卖殡仪用品的商人，说他从死者身上牟取暴利，如果不是很多人死去，他就没有如此好的收益。这一谴责有些偏激，若是认为获取利润就是损害别人的利益，那么，任何商业行为都该受到谴责了。

各人赚钱的方式不同：商人靠年轻人挥霍，农民靠麦子涨价，建筑师靠老房子倒塌，司法人员靠民事诉讼和纠纷，神职人员更是靠死亡和罪恶。古希腊的喜剧家菲莱蒙说过，没有一个医生乐意别人甚至朋友健康无病，没有一个军人乐意天下太平一直不打仗，以此类推，数不胜数。更可怕的是，如果我们扪心自问就会惊讶于我们体内酝酿或生成的欲望，大多是损人利己的。

我苦思冥想却仍然得出这样的结论，因为我们无法违背大自然的普遍规律。自然学家证实，每一种事物的产生、持续和发展，都意味着另一种事物的退变和衰败：

生命一旦丢掉本性，

过去的存在便随即消失。

——卢克莱修

十五

论习惯和不易改变的习俗

我猜想，下面这个故事的创造者，一定看到了习惯的力量。故事说的是，一个村妇有一头牛，从这头牛刚出生，她就常常抱着它在怀中爱抚，长此下去变成了习惯。等牛长大后，她扔执意要把它抱在怀里。事实上，习惯堪比粗暴而阴险的教师。悄无声息间，它已靠最初的伪善和虚情，在我们身上建立起威信，随着时间逐渐根深蒂固，不久就会凶相毕露。就这样，我们失去了自由，甚至失去了抬头看这张面孔的胆量。习惯肆意地违反自然规律，我们对此司空见惯。

习惯可以主宰任何事物

——大普林尼

我认为，柏拉图在《理想国》中所作的洞穴譬喻是精妙的。相对于医术的理性，医生更愿意服从于习惯的权威。有

十五

论习惯和不易改变的习俗

位国王试图让自己的胃习惯于服用毒药。艾伯特文章里的女孩习惯以蜘蛛为食。

在印第安大陆，探险家们发现了许多新的民族，他们生活在各不相同的地带。印第安人以蜘蛛为食，不仅储存，还会养殖；同时，他们也以蚱蜢、蚂蚁、蜥蜴、蝙蝠为食。青黄不接时，蟾蜍也可以作为食物而卖出高价。他们将这些煮熟，蘸着酱汤食用。可笑的是，他们甚至认为，我们食用的各种肉类有剧毒。

> **习惯的力量是不可估量的。它使猎人能做到卧雪而宿，能忍受烈日蒸烤。它使拳击手被铁皮手套击中时，连哼都不哼一声。**
>
> **——西塞罗**

如果以我们的日常感受为起点，仔细回想一下就会理解习惯是如何使我们的感官变得迟钝麻木的——这些看似罕见的事例就不足为奇了。不必去了解尼罗河大瀑布附近的居民感受如何，也不必打听哲学家对天体音乐有何感觉。运行中坚固的天体相互摩擦、碰撞，发出奇妙悦耳的声音，星辰的变化轨迹亦随着乐声的抑扬顿挫而变化。但是，声音再美妙，再巨大，人的耳朵若已麻木也会察觉不到，就像尼罗河畔的居民那样，对巨大的瀑布声习以为常。

马掌铁匠、磨坊主或者枪炮师难以摆脱周围震耳欲聋的声响，如果听力仍旧像常人一样，他们就活不下去了。为了愉悦我的鼻子，我佩戴鲜花项链，可三天之后我就闻不出它的香味了。更奇怪的是，哪怕间断很长时间后，习惯照旧会影响我们的感官，比如住在钟楼附近的人。我就是这类人中的一员，钟楼上的大钟每日早晚圣母经时间都要各敲一次，那钟声震得钟楼都瑟瑟发抖。刚搬来的几天，我倍感煎熬，可不久就习惯了，钟声也不再刺耳，我睡觉时甚至不会被吵醒，哪怕离开家几日回来后依然如此。

柏拉图训斥一个玩色子的孩子，对方抱怨："为了这点小事，你就训我。"柏拉图反驳道："习惯可不是小事。"

人们身上最大的恶习，往往是从小养成的。父母对孩子的教育至关重要。有些母亲看到孩子拧鸡的脖子，打伤小猫、小狗，只当作一种游戏。有些父亲更是愚蠢至极，将儿子殴打毫无反抗的农民或奴仆的恶行，视为尚武的表现，并将儿子以卑鄙手段欺骗或愚弄同伴的行径，视为光辉的业绩。这些纵容都将撒下残暴、专横或背信弃义的种子，这些种子从儿时开始萌发，并在习惯之力的催生下迅速成长。因年幼无知或小事一桩就原谅孩子的不良言行，这种教育方式后患无穷。首先，就天性而言，他们儿时的声音与其说稚嫩而尖细，不如说纯净而响

十五

论习惯和不易改变的习俗

亮。其次，欺骗的丑恶，不在于偷的是金币还是别针，而在于欺骗本身。对此有两种论断，一种是：他在别针上能弄虚作假，在金币上就不能吗？另一种是：只是别针而已，他是不会在金币上弄虚作假的。我认为，前一种论断更加正确。

我们应该认真教导孩子摈弃自身的恶习，使他们认识到这些恶习天性丑陋，要他们在思想和行动上同时防微杜渐，去憎恶心中一闪而过的经过伪装的恶念。

我从小就开始严于律己，因而痛恨游戏中的虚假手段（说明一点，游戏之于孩子，不仅是单纯的游戏，而应该被视为他们最严肃的行为），即便是纯粹的娱乐游戏，也坚决不允许作弊：它已融入我的本性，不必刻意为之。和妻子、女儿玩纸牌时，我输给她们其实也无所谓，我却格外认真，连个筹码的输赢，我都会当作两个金币一样对待。心灵的眼睛明察秋毫，督导我安分守己，谁也不会如此监视我，也不能让我如此遵守规则。

一个身材矮小的南特人曾到我家做客，他生来没有胳膊，从小练习用脚来做手该做的事，现在已经非常熟练，他的脚几乎要忘记本来的功能了。他习惯称脚为手，用脚去做一切，比如，切面包，给枪装上子弹然后射击，给针穿线然后缝衣服，写字，脱帽致意，梳头，玩色子，打扑克牌时洗牌也游刃有余，毫不逊色于用双手的我们。表演完这一切，我付他钱，他用脚来接，就像我们用手接一样。还有个孩子，他双手舞剑，同时，下巴夹住一根长矛挥舞，把剑和长矛抛向空中后再接住，而后又同时完成扔出标枪与挥起鞭子的动作，俨然一个法兰西车夫。

习惯出入我们的思想时畅通无阻，为了显示威力，它留给我们各种奇特的印象，绝对操控我们的观点和信仰。我们还能找到什么看法，比习惯向我们灌输的看法更光怪陆离吗？（当然，这得排除宗教赤裸裸的欺骗，那么多伟大的民族，那么多不凡的人物，都沉迷于宗教，这些谎言是不受人的理性控制的。因此，那些没有得到上帝特别恩宠的人在其中迷失自我是可以原谅的。）我赞同西塞罗发出的那个感叹："自然学家的工作本是观察并探索大自然，却要求受习惯蒙蔽了双眼的人们为真理提供证据，这样做难道一点都不愧疚吗？"

我发现，凡是人脑能够想象出的事，无论有多荒诞不经，都能在生活中找到具体事例，最不济，也能经由基础事实推理成立。有些国家，致意时人要背过身去，不能直视对方。还有些国家，国王吐的痰，要求最受宠的宫廷贵妇伸手去接。也有这样的国家，国王身边的达官贵人们，习惯弯腰捡拾国王扔下的垃圾，包在他们的手绢里。

说到这儿，我想起一个故事。绅士弗朗索瓦习惯用手擤

十五
论习惯和不易改变的习俗

鼻涕，这与我们用手帕的习惯大相径庭。此人是出了名地爱开玩笑，他竭力为自己辩护，问我："这肮脏的鼻涕有什么权利，非得要为它准备一块漂亮、精致的手帕，还要仔细地将它包好放在身上？"他直言，用手帕擦鼻涕比随地擤鼻涕更令人恶心，不如直接扔在地上，就像我们对待其他脏物一样。听完他的话，我觉得并非全无道理，只是，我对随地扔脏物已习惯了，因而不太在意。如果这事发生在其他国家，人们一定会认为这无比恶劣。

我们惊叹奇迹的发生，是因为我们对大自然所知甚少，而不是大自然的有意创造。因为习惯，我们的判断力降低。蛮人之于我们，一点也不比我们之于他们更古怪，所以我们没有理由以怪异的眼光看待他们。请认真品读下面的事例，结合自己的亲身感受做个公正的对比，你就会认同我的观点。

理性就像一种上天赋予人的染料，其重量几乎等同于我们所有观念和习俗的总和。无论哪一种观念和习俗，都存在对应的理性；无论是内容还是形式，理性都无穷无尽。

请注意，下面就是那些事例。有些国家，除了国王的妻儿外，其他人跟国王讲话，都要通过传话筒。有个国家的处女裸露着阴部，但结婚后却把那儿小心遮住。另一个地方的习俗与此相仿，在他们看来，贞洁只在结婚之后，所以男孩、女孩可以随便交合，怀孕的女孩如果愿意，可以用专门的药打掉胎儿。还有个地方习俗更怪，那里的商人结婚，会让所有应邀来参加婚礼的同行，先于新郎跟新娘入洞房，和她交合的人越多，她就越有荣耀，越被人视为坚强能干；官吏、贵族或其他人结婚也一样，但农民和下人除外，他们的新娘的初夜要献给老爷；可笑的是，在婚礼上，那些人仍一脸认真地告诫新郎、新娘，要忠贞不贰。

有的地方有男妓院，两个男人也可以结婚；女人同男人一起出征，不仅参与战斗，还可以指挥作战。有的地方，将指环戴在鼻子、嘴唇、脸颊和脚趾上，还将沉重的金环穿在乳头和屁股上。有的地方，人在吃饭时，在大腿、睾丸或脚掌上擦手指。有的地方，死者的儿女没有继承权，他的兄弟和侄儿才有；还有的地方，侄子拥有继承权，但不能继承王位。有的地方，法律规定，某些高级法官管理公共财产，全权负责土地生产，粮食按需分配。有的地方，孩子死了人们痛哭流涕，老人死了却拍手称快。

有的地方，十几对夫妻共处一室。有的地方，只有丈夫猝死的女子才可以再嫁，其他情况的寡妇不能改嫁。有的地方，极度歧视甚至仇视女性，女婴刚出生就被杀掉，必要时，再从邻国买来妇女。有的地方，法律允许丈夫无端休妻。有的地方，若妻子不能生育，丈夫有权将她卖掉。

有的地方，人死后，尸体会被煮熟并捣成糊状，然后用

十五

论习惯和不易改变的习俗

酒冲了分给活人喝掉。有的地方，人死后，尸体让狗吃掉是最理想的归宿，还有的地方是让鸟吃掉。有些地方，人们相信幸运的灵魂自由自在，生活在安乐舒适的旷野中，人们能听到灵魂的声音。有的地方，军队在水中打仗，边游泳边拉弓射箭。有的地方，耸肩和低头是表示服从，进宫殿前得脱鞋。有的地方，监管修女的人被阉割、毒哑并毁容，以免修女爱上他们；神甫自毁双目，为了同神灵交往和获得神谕。

有的地方，人们将自己所爱之物奉为神明，狮子和狐狸成为猎人的神，某种鱼成为渔夫的神，人类的每个行动或嗜好都有神灵；太阳、月亮和大地是最重要的神祇；发誓时必须眼看太阳，脚踩大地；那里的人还吃生肉和活鱼。有的地方，人们把手放在某位生前德高望重的死者的坟墓上，以他的名义，做最重大的宣誓。

有的地方，国王送给分封大臣们的新年礼物居然是火把；送火的使者到达时，各家各户的灯火都要熄灭；封臣的子民们都要来取新的火种回家，否则就是欺君罔上。有的地方，如果国王为了归依宗教而自行退位（这是常有的事），他的第一继承人也必须追随，王位将传给第二继承人。有的地方，国家的统治式会根据国事的需要而不断改变，必要时甚至可以废黜君王，让德高望重的人来管理国家，有时则把政权交给人民公社。有的地方，士兵只要在战斗中砍下七颗敌人的首级，并献给国王，就可以封为贵族。有的地方，人们相信，灵魂绝对不会死亡。有的地方，不论男女都要行割礼，都要起教名。

有的地方，在分娩时，孕妇神色如常，一声不吭。有的地方，女人套铜护腿；若被虱子咬了，反咬虱子是她们的光荣使命；国王若要她们的童贞，在没有献给他以前她们不敢嫁人。有的地方，人们相互致意时，先用手指摸一下地面，然后再指向天空。有的地方，男人用头顶负重，女人则用肩扛；女人站着小便，男人却蹲着。有的地方，人们表示友谊的方式是送去自己的鲜血，表示尊敬的方式是为对方焚香，如同敬奉神祇。

有的地方，禁止近亲结婚，哪怕隔了四代，甚至更疏远。有的地方，孩子吃奶直到四岁，甚至到二十岁，但那儿的人们认为婴儿出生第一天不可吃奶，否则会有生命危险。有的地方，男孩由父亲惩罚，女孩由母亲惩罚，惩罚的方式是将他们倒吊起来用烟熏。有的地方，人们吃各种草，除了气味过大的，气味是鉴别草能不能吃的唯一要素。

有的地方，家里一切都敞开着，再漂亮的房子也不安门窗，不锁箱子，但对小偷的惩罚极为严厉。有些地方，人们像无尾猕猴一样，用牙齿咬死虱子，若用手掐死虱子他们又觉得令人作呕。有的地方，人们一生不剪指甲，任其生长；左边的头发任其生长，右边的头发则要剃光；与它相邻的地

137

十五
论习惯和不易改变的习俗

方，人们或在前面留发，或在后面留发，不留发的地方全部剃光。有的地方，父亲把女儿、丈夫把妻子送去陪客，甚至卖淫。有的地方，儿子可以光明正大地和生母乱伦育子；父亲可以和自己的女儿甚至儿子纠缠不清，更甚者，聚会狂欢时，人们可以互相出借孩子。

这里，上演着人吃人的惨剧，那里，人们杀死高龄的父亲以尽孝道；这里，孩子的命运在未出生时就已被父亲安排好，或抚养成人，或抛弃扼杀，那里，老男人把自己的妻子借给年轻人凌辱；有的地方，男人们共享女人，却不算作罪孽，甚至在有些地方，女人的裙子所绣漂亮缨子与她交合过的男人数量相同，作为荣誉的象征。习惯不是还创造了一个女儿国，让她们手握武器，集结军队，同敌人作战吗？任何一门哲学，都无法让粗俗的人掌握智者脑袋里的那些东西，但是，习惯不是依靠自己的独特法令做到了吗？

据我所知，在有些国家，死囚不仅要受鞭笞至死，还要面不改色，心如止水；在那里，人们视财富如敝屣，见到装满金币的钱包，衣衫褴褛的人也不屑于伸手。有些地区人民丰衣足食，可是面包、青菜和水仍被视为最美味可口的家常便饭。

习惯甚至在希腊的希俄斯岛上创造了奇迹——无论已婚还是未婚，七百年来没有一个女子做出伤风败俗的事情。

综上所述，我个人认为，习惯无所不在，无所不能。因此，品达罗斯[1]将习惯比喻成世界的王后甚至皇后，这不无道理。

有人看见，一个人在打他的父亲，而他的父亲也这样打过自己的父亲。这个人还指着自己的幼子说："他到我这个年纪也会打我的。"那父亲被儿子拖在大街上，来回往复，受尽虐待，毫不反抗，但到了一个门口，他却要求儿子停下来，因为，从前他也只把自己的父亲拖到这个门口。那是他们家的孩子虐待父亲的世袭界限。

亚里士多德说过，有些女人扯头发、咬指甲、吃煤炭或泥土，是基于习惯的一种怪癖；有些男人喜欢男人，也是源于本性的一种习惯。

据说，克里特岛上的人诅咒别人的方式，就是祈求诸神让他染上某种恶习。

不难看出，习惯的最大威力就是纠缠并腐蚀我们，一旦附着上身，就把我们紧紧箍住，并且深深扎根，操控我们为它辩护和争论。的确，从出生后吃第一口奶开始，我们在吮吸乳汁的同时就已经服从于习惯那不可抗拒的命令了，我们第一眼看到的世界就是这个样子了。按照习惯办事好像是我们与生俱来的本能。周围的人所追捧的那些成见，经过祖辈世代训诫，直接填满我们的心灵，变成了普遍而自然的思想。

在我看来，认为不符合习惯就是不符合理性，这种想法是极不合理的。我喜欢研究自己，每收获一句正确的格言，就立

十五

论习惯和不易改变的习俗

即想一想如何适用于自身，这么做你会发现，这句格言不只机智、幽默，更是对成见的毫不留情的鞭挞。我们总误以为警句和箴言是为了告诫他人，而非规劝自我。如此情况下，我们仅将这些格言融进记忆，并没有融入习惯中。这种做法极其愚蠢且毫无用处。好了，回归正题，继续来谈习惯的威力。

受自由民主思想熏陶的人，认为任何统治形式都是恐怖的，是违背自然规律的。同样，习惯于君主制的人也是这样。无论命运为他们提供怎样的变革良机，当他们付出极大力气终于摆脱无道昏君的统治，仍会花同样的力气立刻为自己树立一个新的君主，因为他们无法彻底憎恨并脱离君主统治。

波斯国王大流士一世问几个希腊人，他们在何种条件下才会遵从印度人的习惯，把去世的亲人吃掉（印度人认为死者最好的归宿是他人腹中）。希腊人却说，他们在任何诱惑下都不会这样做。国王又试图说服印度人放弃自己的做法，遵从希腊人的习惯，把亲人的尸体火化。印度人对此表现出更强烈的抗拒。人人如此，并非个例，因为习惯蒙蔽了我们观察事物本质的慧眼。

任何伟大和令人赞叹的东西，
都会被时间冲得平淡无奇。

——卢克莱修

我曾试图阐述一个早已为人接受的权威观点，但不想墨守成规地仅以律令和实例说事。于是我追根溯源，刨根问底，最终发现这个观点根基并不牢固。一想到要向别人重新证明这个观点，我就会兴奋不已。

柏拉图曾试图铲除他那个时代盛行的违背伦理的爱情，他号召公众舆论群起抨击，让诗人和哲人口诛笔伐。我认为他的做法堪比灵丹妙药。在药效的作用下，再漂亮的女儿也不能勾起父亲的情欲，再英俊的兄弟也不会挑动姐妹的芳心，就连提厄斯忒斯、俄狄浦斯和马卡勒斯的童话，也能借用轻快愉悦的歌声，将这个正确的信念注入孩子们幼小的心灵中。

恪守贞操是一种美德，它的好处妇孺皆知，但我们很难从本质上来讨论它，换以习惯、规律以及格言来阐述就会容易很多。人们普遍接受的道理不容置疑，难以探究。哲学大师们往往泛泛地研究此类道理，甚至敬而远之，不去探索其本质，变成了习俗的卫道士，自鸣得意。那些不甘心淡出这种原始论调圈子的人更是大错特错。他们热衷于奇谈怪论，就像克里希波斯，他的作品多次宣扬他对任何形式的乱伦都毫不在意。

真正摆脱习俗的强烈偏见的人会发现，许多看似不容置疑的观点，能够凭借的似乎只有它们白发苍苍、满脸皱纹的外表。可是，这副面具一旦被撕毁，一切就回归真实和理性，摆脱习俗、偏见的人会觉得自己的观念险些被彻底推翻，事实上却回归到更可靠的形态。

我会在那时问他，还有比一个盲从习俗的民族更可悲的吗？他的一切家事，包括婚姻、捐赠、生意和遗嘱，都约束在某些他无法完全弄懂的规矩之下。那些规矩不是以语言的形式撰写出版的，他们还必须花钱购买相关的说明书。那些规矩的基础也并非伊索克拉底的高见——伊索克拉底劝导国王减免赋税，允许其子民自由贸易，让他们有利可图；并对纷争双方，课以沉重的赋税——那些规矩的真正基础，是一种可怕的见解：情理可以买卖，法律可以交易。

我很荣幸，据我们的史学家考证，第一个反对查理曼大帝把拉丁和神圣罗马帝国的法律强加给我们的人，是我的同乡，一位加斯科涅绅士。设想一个国家中，法官的职位可以用金钱购买，案件的判决可以用现金换取，没钱就打不了官司——若这些都成了合法的习惯，还有比这更野蛮的做法吗？司法权成为众人争购的商品，必然会导致政治社会多出第四等级：由掌管诉讼的人组成的等级和早已存在的教士、贵族、平民这三个等级平分秋色。第四等级掌管法律，对生命财产有至高无上的权力，形成独立于贵族的新统治阶层，由此产生了双重法律：荣誉的法律，正义的法律。这两者在许多事物上背道而驰，荣誉的法律谴责偷生，正义的法律谴责复仇。从尚武的角度看，忍受侮辱就会名誉扫地；而从公民职责讲，执意复仇就会招致死刑（因荣誉受损而诉诸法律，于颜面无光，可要是无视法律而私下报仇，就会受到法律的制裁）。这两个法律同侍一主，却各司其职：前者掌握战争，后者掌管和平；前者追求荣誉，后者追求利益；前者勇敢，后者博学；前者重行动，后者重口才；前者讲德行，后者讲正义；前者付诸武力，后者诉诸理性；前者穿戎装，后者就穿长袍。

如果有人想让那些衣着之类的小事恢复最初用途——为身体的舒适服务（衣着的优雅得体既源于此），我就有必要给他说说方帽。我个人认为，这种帽子奇丑无比，它那条极长的褶皱丝绒带，就像女人头上长出的一条尾巴，外加花里胡哨的附属物，和一个状同男性生殖器的、毫无用处的装饰物。女人们却戴着它招摇过市。

尽管有诸多考虑，人们追赶时髦的热切心意却丝毫不受影响；残酷现实不断告诉我，任何不落俗套的式样，与其说是出于真正的智慧，不如说是出于野心勃勃和哗众取宠。我猜测，哲人可以摆脱心中的一切羁绊，保持自由思辨的状态，但表面上必须伪装成完全遵循公认习俗的样子。大众社会不需要另类的思想，我们的活动、工作、财富甚至私生活，必须遵从社会秩序和公众舆论。正如伟大而智慧的苏格拉底，拒绝以悖逆法官的判决这一方式来解救自己的生命，哪怕那个判决不正确，甚至极不公正。因为，遵守所在地的

十五

论习惯和不易改变的习俗

法律是一条普适的规则。

　　下面讨论另一个观点。无论更改哪部公认的法令，无论有无明显的好处，这种法令的变更都是值得怀疑的。何况，即使有好处，更改起来也不容易，因为法律是一个有机体，各部分之间紧密联系，牵一发必然动全身。希腊立法者卡隆达斯说，谁要取缔一项旧法令，或颁布一项新法令，先要头套绳索等待人民裁决，如果新法令难以推行，提案者会被立即绞死。斯巴达立法者莱库格斯穷尽毕生精力，才让斯巴达人民不敢诋毁他制定的任何法令。经弗里尼斯之手，齐特拉琴增加了两根弦，斯巴达的法官却将它们粗暴地砍断了，他才不会考虑这两根弦会不会使乐声更加悦耳。多出来的两根弦只因破坏了旧的习俗，就应该受到制裁。这就是那把生锈的剑落满灰尘无人擦拭，却一直摆放在马赛法庭所代表的意义。

　　我讨厌变革，无论它们以什么面目出现。我有我的道理，因为我目睹过变革的破坏力。长久以来困扰我们的宗教改革，虽不能说它是罪魁祸首，但完全有理由说，它是始作俑者，导致了那些不幸和毁坏，尽管从此有它没它都会产生。一切都归咎于那场变革。

唉！我这是自作自受。

——奥维德

那些使一个国家陷入混乱的人，必然和这个国家一起毁灭。挥竿搅水的人往往摸不到鱼，他们把水搅浑，却便宜了其他人去浑水摸鱼。君主政体的内部矛盾决定了这座老旧的大厦由于改革而垮塌，上述不公正的行为会肆虐于其废墟之上。古人云，君权从半山腰跌入谷底，远远快于从山顶跌至半山腰。

然而，要说创新者具有破坏性，那么效法者则更加恶劣。因为，他们明明知道并讨伐过前者的罪过，却又步其后尘。这些效法者，即使在做坏事时，也会自觉体面，因为他们把改革者的荣誉和勇气算到了自己的头上。

各种新的骚乱，都从这个最初的丰富源泉中找到了激发他们作恶的形象和原型。我们的法律本该医治这最大顽疾，而非像现在这样教唆人们作恶，或在为恶行辩解。修昔底德[2]如此描述他那个时代的国内战乱：为了包庇公众恶习，他们使用温和的新词，来掩饰恶习真正的名字。

这样做的目的是重塑我们的意识和信念。

借口倒是不假。

——泰伦提乌斯[3]

十五

论习惯和不易改变的习俗

然而，为变革提供任何合理的借口都是极其危险的：

任何改革旧制度的行径，都不值得称赞。

——李维

可是，说实话，我觉得太过看重自己的观点，就是妄自尊大，目空一切。为宣扬个人的信念，不惜搅乱本国太平的公共秩序，引发种种灾难和丑闻；为了消除有争议的错误观念，助长了更多众所周知的恶行，这种做法难道不轻率吗？还有比违背自己的意志和信念更糟的事吗？

元老院为解决它与人民之间关于宗教职责上的观念分歧，竟敢根据米提亚战争中神谕对德尔菲人民的回答，捏造如下借口："保护神殿是神的职责，而不是他们的义务，诸神绝不会让祭祀受到亵渎。"（德尔菲人民担心波斯人入侵，便询问上帝怎么处置阿波罗神殿中的圣物，将它们藏匿，还是带走？上帝回答说什么也不要动，它们会照管好自己的。）

天主教有很多极其公正且实用的建树，但最明显的建树当属告诫人民要服从统治者，维护他们的统治。上帝给我们树立了智慧的楷模：上帝拯救人类并引导人类战胜死亡和罪恶，但从未要求我们摆脱现有的政治秩序。人类盲从恶习，即使它有悖公正；人类的进步受制于此，无数人因此而无辜流血，为了终成正果，无数人忍受常年的痛苦折磨。

有的人墨守成规，有的人则因势利导，两者之间相差甚远。因循守旧者以平淡、服从和为人师表为荣。不管他们做什么，都没有恶意，最多也只是可悲。

面对经过历史考验而保存下来的光辉古文明，
谁能无动于衷？

——西塞罗

伊索克拉底也说过，节制会比过火产生更多缺陷。发动改革的人步履维艰，因为鉴别和改革旧习陈规需要精准的判断力，识别被摒弃的东西的缺点，被引进的东西的优点。为至关重要的学问负责，我的肩膀难以挑起这副重担——这个平实的道理，坚定了我的信念，使我在最鲁莽的青年时代，也能约束自己的言行。通常，我不会贸然判断那些我所学的最简单的知识正确与否，尽管大胆直言丝毫无损于我的学识。现在，面对如此重要的学问，我更不敢妄加判断了。

我认为，以个人随心所欲和变化无常的观点来塑造稳定不变的民法和神法，这是非常不理智的，因为个人的观点仅仅是一家之言。我想告诫每个政权，对民法不敢为的，对于神法也不要做。人类同民法关系更加紧密，但神法是法官之

十五

论习惯和不易改变的习俗

上的仲裁者。

所以说，我们应该将聪明才智用于阐释和发扬现有的习俗，而不是什么改革。偶尔，上帝会越过那些他强迫我们遵守的规则，但规则本身并未免除。这些壮举是上帝的特权，我们不应模仿而应敬畏。上帝的这些壮举，是一种专宠和殊荣，是赐予我们的奇迹，是为了昭示其无上威力，超越了人类秩序和力量；试图仿效上帝的壮举，是精神失常、亵渎神明，我们不应奢望，而只能赞叹地仰视。那是上帝的特权，并非凡人能及。

古罗马雄辩家科达准确断言："关于宗教的问题，我信奉法学权威克伦卡尼乌斯、西庇阿和斯凯沃拉，而不相信哲学家芝诺、克莱安西斯或克里希波斯。"

在当前的宗教改革中，有上百条重要且根深蒂固的教规需要清除和重新确立。又有多少人可以放言，完全证实这派或那派的论据呢？若是数量问题，那我们也无惧于人数众多。可是，其他人何去何从？他们该投到哪一派的麾下？改革派用的药和其他劣药或不对病症的药一样，没有效果。他们的药本想净化我们的血液，但它引发的冲突使我们的血液兴奋、沸腾，不仅如此，那药还会长留我们体内，使我们兴奋后疲软无力。我们非但没有被净化，反而更加虚弱，以致无力排除残药，必须长期忍受它给我们身体带来的痛苦。

不过，命运总是凌驾于法律之上，为我们划定迫切要做的事，对此，法律也要网开一面。

人们试图抵制强暴的改革并抑制它发展壮大，总幻想以光明和合法手段对付那些恣意妄为、无法无天、为达目的不择手段的改革者，这极其危险，等同于向它示弱屈服。

相信背信弃义者，无异于引狼入室。

——塞涅卡

在一个运转正常的国家，通行的法律难以顾及这些意外，因此，我们需要一支由执法人员组成的队伍，还要绝对地守法与听令。合法手段是一种平淡、呆板和受牵制的做法，抵挡不住暴乱中卑鄙而疯狂的做法。

人们对屋大维和小卡图的指责从未停止，这两位举足轻重的人物分别在苏拉 4 和恺撒发动的内战中，目睹祖国陷于水深火热之中，却不肯损害法律而拯救国家。我认为，在这命悬一线的最后关头，与其死守法律，放任暴力兴风作浪、为非作歹，倒不如适应形势，暂时将法律束之高阁——既然法律无法再做它该做的事，索性让它做点能做的事。

这并非没有先例：阿戈西劳斯二世就曾令法律沉睡一个昼夜；亚历山大一世则改动了日历的某一天；还有人把六

十五

论习惯和不易改变的习俗

月变成了第二个五月。即使是一贯恪守法律的斯巴达人，也会根据他们面对的实际需要而灵活处理。比如，法律明文禁止同一个人连任海军司令，可是国家事务亟需莱山德连任此职，于是，斯巴达人任命阿拉库斯为海军司令，而让莱山德做海军总监。还有个极妙的事例：他们派遣使者去雅典，游说雅典统帅伯利克里改变一项法令。伯利克里托词说："法令已经刻在书板上，无法再抹去。"使者机智应对说："此事只需把书板翻个面，法律不禁止这种做法。"普卢塔克很赞赏菲洛皮门，说他生来是个指挥者，不仅善于依据法律指挥军队，而且还会依据国事需要巧妙地摆布法律。

译注

1. 品达罗斯（约前 518—约前 438），古希腊抒情诗人。被后世的学者认为是九大抒情诗人之首。
2. 修昔底德（约前 460—约前 400），古希腊历史学家。
3. 泰伦提乌斯（约前 195—前 159），古罗马喜剧作家，著有《婆母》《两兄弟》《阉奴》等。
4. 苏拉（约前 138—前 78），古罗马统帅，独裁者。

十六

建议的方式决定结果

法兰西王室首席神甫雅克·阿米奥曾给我讲过一个故事，以此赞扬我们的一位亲王[1]。故事发生在新教徒动乱之初，天主教围攻鲁昂之时。太后告诉亲王，有人想谋杀他，并透露说，刺客是昂热万或芒索的一位贵族，他为达到目的，与亲王的随从频繁接触。亲王暗自隐瞒此事。第二天，他去卡特琳圣女山上散步。与他一同前往的是故事的讲述者阿米奥大臣，以及一位主教。亲王看见了那个身为刺客的贵族，便叫他过来。亲王见那人已经吓得忐忑不安、面无血色且浑身颤抖，便对他说："某某先生，想必您已猜到我想要您做什么了，您的表情出卖了它的主人。您不必有所隐瞒，您的事早被告发了，遮遮掩掩只会让您的情况变得更糟。您了解整个阴谋的来龙去脉和核心机密，赶快坦白交代吧，别拿您的性命冒险。"

那可怜的贵族很无奈（他的同谋把他出卖给了太后和亲

王），只能双手合十，向亲王求饶，还想扑到亲王脚下。亲王却让他站直身体，说："来刺杀我啊。我得罪过您吗？我跟您家里的什么人有不共戴天之仇吗？我认识您只不过三个星期，你有什么理由杀我啊？"那贵族颤颤巍巍地回答，他这样做并非出于个人恩怨，完全是为了他那个教派的利益。有人劝说他接受这个刺杀任务，无论用何种手段，只要清除新教的一个劲敌，就是忠于宗教的虔诚行为。亲王不容置疑地说："可是，我要向您证明，我的宗教要比您那个和善得多。您那个宗教让您不问青红皂白地杀死我，可我的宗教却使我宽恕您，因为我清楚，您杀我毫无理由。请走吧，离开这儿，别让我再见到您。如果您是聪明人，以后做事请找正人君子作顾问吧。"

奥古斯都大帝在高卢时，得到密报称秦那正在密谋造反。他决意反击，并计划第二天召集朋友来商议此事。但那天夜里他辗转难眠，顾忌秦那是位望族子弟（庞培的侄子），不宜处死。他一边抱怨，一边为寻找各种论据来说服自己。他想："什么？难道我要让杀我的凶手逍遥法外，自己反倒终日提心吊胆？我身经百战，不管内战还是远征，海战还是陆战，哪次不是劫后余生，可他如此轻易地砍了我的脑袋，竟不用惩罚吗？我为全世界带来太平，现在他要杀我，把我献祭给和平，难道我要宽恕他吗？"（需要说明，他们打算在祭祀时谋反，用他的脑袋作祭品。）

　　他冷静了一会儿，又开始强烈地谴责自己："有那么多人要你死，你又为什么活着？你的复仇和残酷何时是尽头？你的生命真值得你不惜一切代价吗？"他的妻子莉维亚见他愁眉不展，宽慰他："想不想听听女人的见识？想想医生的做法：当习惯的药方失效时，他们就反其道而行。你始终严于施政，却没收到什么好的效果：谋反接连不断，萨尔维迪努斯之后是李必达，然后是穆雷那、凯庇奥以及埃格纳提乌斯。不妨试试宽容和仁慈，也许会成功。秦那谋反罪名证据确凿，那么赦免他吧，他会因此忘却害你的心，而由衷地赞美你。"

　　奥古斯都十分惊喜，因为上帝赐给他一位与他心有灵犀的人。他对妻子表示谢意，并放弃了召集朋友的决定，只是让人把秦那带来单独会见。他屏退左右，给秦那赐座，然后才说："说正事之前，秦那，我要你平静地听我把话说完，不要打断我，我会给你留出回答时间。你清楚地知道你是我的俘虏，来自敌对的阵营。你不是普通的敌人，从身世来说你是我的死敌，我却救了你，赐予你财产。是我让你拥有了舒适、安逸的生活，甚至连胜利者都开始羡慕你这个失败者了。应你的要求，我把大祭司的职位给了你，而我一概拒绝别人的要求，你可知道，他们的父辈曾和我并肩作战。我对

十六
建议的方式决定结果

你算得上恩重如山，你却要谋杀我。"

听到此言，秦那激动地为自己喊冤。奥古斯都却不容置疑地说："秦那，你言而无信，你向我保证不会打断我的话。你谋杀我的计划确凿无疑，时间、地点、参与者和计划，我都一清二楚。"此话一出，秦那惊得瞠目结舌，无言以对。此时他的沉默不是在信守诺言，而是因为良心不安。奥古斯都看出他的心思，接着说："你为什么要谋反？是想取代我吗？要是只有我一个人阻碍你的皇帝梦的话，那我们的国家就快完了。据我所知，你连保护家族的能力都没有，最近在官司上居然输给了一个普通公民。怎么？你就不能去干别的，只会刺杀皇帝吗？要真是我一个人在阻碍你的大业，那我就让位也无妨。你以为保卢斯、弗边和科萨人还有塞尔维利乌斯人会接受你吗？还有，那些出身高贵且行为高尚的贵族，能容忍你阴谋得逞吗？"他的话不光这些，说了整整两个小时，滔滔不绝。最后，他宽容地说："你走吧，秦那，虽说你背叛我，要杀我，同上次一样是我的敌人，但我饶你一命，再次放你一条生路。希望从今以后，我们只有友谊，并且加深，我给了你生命，你获得了新生，看我们谁更讲信义。"

说完这话他们就分开了。后来，他任命秦那为执政官，并埋怨他不敢自己提出申请。奥古斯都与秦那结成莫逆之交，并确立他为自己财产的唯一继承人。

这个故事发生时，奥古斯都四十岁。自此以后，再没有发生过谋反事件，他的宽容获得了应有的回报。遗憾的是，我们那位亲王就没那么幸运了，他的宽宏没有换回免遭背叛的善果[2]。我常感叹，人的深谋远虑是虚妄而卑微的，我们的计划无论如何周密，如何严谨，都难以违抗命运的安排。

人们把治病有方的医生称之为幸运的宠儿，就像是说，医生的医术根基不牢，独木难支，还需要运气助他们一臂之力。我却认为，对医生的看法是仁者见仁，智者见智。幸好上帝赐予我们个性，使我们的看法各不相同。我一向蔑视医学，即使生病也不能使我屈服，反而令我对它更加仇视和恐惧。谁也别想让我吃药，除非等我病体痊愈、体力恢复，使我能够禁受住药力和风险。我顺其自然，坚信我的体质矛坚盾硬，完全有能力抵御住疾病来袭，保护好身体组织免受其破坏。我怕当我们的体质同疾病针锋相对、殊死搏斗时，药物会帮倒忙，病没治好，却惹来新的乱子。

当然，不只是医学，其他更为可靠的学科有时也需要碰运气。诗人在灵感迸发时醉心其间，不能自已，可灵感何时涌现还不是得靠运气吗？诗人们自己也承认灵感是超越他们自身才华的力量，灵感存在于他们的能力范围之外；就像雄辩家们承认激昂慷慨的超凡发挥，也不是他们自己能

十六
建议的方式决定结果

够控制的。绘画也是一样，出神入化的线条会从画家手中喷薄而出，超过了他们的原始构思和技巧能力，连画家自己也赞叹不已。更不可思议的是，在作者既无意图也无意识的情况下，运气会让作品变得更加美妙和优雅。聪明的读者会发现，某些作品中存在一些妙笔生花之处，能使作品的内涵和表象更加丰满，那可不是作者精心布置的，或许他们自己都没有发现呢。

人人都知道运气在军事行动中起到了巨大作用。在谋划和决策时，我们必须考虑运气和偶然因素，因为仅凭智慧的筹谋难以面面俱到，这甚至是微不足道的——我们越聪明、越敏锐，就越易错、越自卑。苏拉曾正确地指出，深入研究那些最辉煌的战功，我们就会发现，指挥官们对提议和决策的贯彻似乎敷衍了事，而深信运气会决定战争的走向，对好运降临十分乐观，所以他们每次行动都不按常理出牌。在参谋会议上，他们时而激情似火，时而暴跳如雷，做出表面看来毫无根据的决策，显示出他们超乎寻常的勇气。在古代，为使部下接受这些大胆的想法，许多将领会以神灵的启示或征兆为名义，向部下传达这些想法。

每件事物都有各自不同的属性和情况，要看清并确定最有利的做法异常困难，在如此无能为力的境地中我们犹豫再三，方寸大乱。遇到这样的事，依我看来，如果没有更好的出路，选择荣誉和正义的做法比较稳妥；找不到捷径时，最好走正道，就像刚才举的两个例子说的那样，受伤害的一方宽恕冒犯的一方，必然要比采取别的做法更漂亮、更高尚。虽说第一例中的亲王最后还是被杀了，但我们不该因此谴责他以德报怨；即便亲王的决定刚好相反，他也未必就能避免被刺杀的厄运，反而白白失去仁善的荣誉。

历史上有许多君王困扰于死亡的恐惧，他们惯用复仇和酷刑来反击谋杀者。但是，受益于这一做法的没有几人。多位罗马皇帝的下场都证明了这一点。身处险境，人不可太信赖自己的力量和警觉。戴着最殷勤朋友面具的敌人防不胜防，试图看透帮助我们的人内心是何种想法难如登天。警卫悉数换作外国军队也罢，全副武装时刻簇拥也罢，这些都无济于事。只有看淡自我生死的人，才能主宰他人的生死。何况，君王终日疑心重重、草木皆兵，无异于自寻烦恼、自我折磨。

古希腊演说家狄翁就很豁然。得知卡利普斯密谋刺杀他，他丝毫也没想去追查真相。他说，他宁可死，也不愿意惶惶不可终日，过着既防敌人也防朋友的生活。同样是豁然，亚历山大的做法则更激烈和坚决：帕尔梅尼奥写信告诉他，他最信任的医生菲利浦接受了波斯王大流士三世的贿赂，要毒死他。亚历山大故意让菲利浦读信，同时吞下了后

十六
建议的方式决定结果

者递给他的药剂。这难道不是为了表明决心。如果是朋友来谋害他，那他欣然接受绝无推辞？亚历山大以冒险见长，但我不知在他的一生中，还会有哪次壮举比这次更毅然、更卓越。

有些人以安全的名义劝说君王万事提防，这无异于劝说君王走向毁灭和耻辱。没有冒险精神，就不会有高风亮节。有位君主生性勇武，率性而为，但每天都会有人进献谗言，在他耳边说三道四，要他远离宿敌而亲近自己人，拒绝同敌人和解，不结交比自己强的人，哪怕那人向他作出承诺或是对他大有帮助。

而另一位君王听取了相反的建议，出乎意料地交上了好运。人们崇尚好勇斗狠，需要时勇武在任何情况下都可适用，管他赤手空拳还是全副武装，在办公还是在打仗，垂着手还是举着手。畏首畏尾是伟大壮举的死敌。为了赢得西法克斯的信任，大西庇阿毅然离开他的部队，舍弃他刚征服的土地，投靠一位野蛮强大又信奉异教的国王。他不要靠山，没有住所，他的运气只源于自己熊熊燃烧的勇气，以及胸中怀着的崇高希望："真心会换回诚意。"（李维）

一个人有雄心壮志，想扬名立万，就不能无端猜疑，还要避免落入遭人非议的困境。恐惧和猜疑只会招致伤害和攻击。有位疑心重的法国国王[3]，居然为了赢得敌人的信任，甘冒被俘和死亡的风险，主动去和敌人谈判，以示诚意。最终他成功和敌人签订了合约。恺撒仅凭威严的神态和高傲的言辞，就敢对抗叛军，他相信自己的运气，毫不畏惧地将自己的生命交给一名叛军。

他傲然挺立，视死如归，

他无所畏惧，令人望而生畏。

——卢卡努斯

只有那些完全不惧死亡、想到最坏结果而面不改色的人才能拥有真正的自信。在参加紧要和谈时提心吊胆或心惊肉跳，这对促成和谈毫无裨益。敢于向人屈服和信任他人，自由而非迫不得已，有思想准备而非只顾蝇头小利，如此坦诚地去做了，就会赢得他人的好感和同情。

记得我还小时，发生过这样一件事：坐镇某城的一位大贵族忧心于民众的暴动。为了在初始阶段就平定这场暴动，他走出了安全的营地试图与那群暴民交涉，结果自投罗网，被凄惨地杀害。说到此事，人们总认为他离开营地是错误的，是选择了一条屈服和懦弱的道路，想用顺从而不是引导，哀求而不是责备的方式，来平息民众的愤怒。但在我看来，这些都不是他的主要错误。假如他能做到谦恭却不失威

十六

建议的方式决定结果

严，能做到像战场指挥时那样从容不迫，信心百倍，能不辱自己尊贵的身份和职位，那他至少算是死得其所。

与其指望如狼似虎的暴民大发慈悲，倒不如让他们尊重和敬畏你。这位贵族真正应该受到指责的是，既然他已下决心仅凭一己之力，赤手空拳跳入这怒潮滚滚、全无平静的人海中——我认为这不是鲁莽举动，而是勇敢——那他就应该想到后果而义无反顾，可他面临险境时却不知所措，和颜悦色顿时化作惊慌不安，声音和目光中满是惊惶和懊悔。他想反悔，溜之大吉，这无异于火上浇油，结果被暴民杀死。

一个国家决定举行各部队的大阅兵（说白了，这是报私仇的好机会，大家都表面操练却心怀鬼胎）。种种迹象表明，负责阅兵仪式的那些主要人物可能会有麻烦。此事非同小可，处理不好会招致恶果，于是大家纷纷出谋划策。我提议，忘记这些猜疑，大家昂首挺胸、神态自若地走在阅兵的行列中，不必取消任何阅兵内容（大多数人主张取消某些内容），并且要求各部队的指挥官通知下属，别在乎火药，打响洪亮而有序的礼炮，向观众致敬。我们要宽容对待那些被怀疑的部队，如此形成各部队之间互相信任的局面，这是所有人都愿意见到的。

我认为，恺撒坚持的路线，是人们可选择的最好路线。首先，他试图用宽容和仁慈来赢得爱戴，哪怕对方是敌人。

当被告知有人谋反时，他只淡淡地说一声"知道了"。然后，他会决然等待可能发生的事，泰然自若，安之若素，听凭诸神和命运的安排。当他遭遇暗杀时也会是这样的心境。

一个外国人扬言，要是叙古拉的僭主狄奥尼修斯愿意给他一枚银币，他就可以将精确预感臣民谋反的秘方传授于他。狄奥尼修斯正需要一个诀窍来维护自己的统治，听说此事后就找那人来详细商谈。那人却说，也没有别的窍门，只要给他一枚银币，并向外界宣称从他那里学会了一个奇妙的秘诀就可以了。狄奥尼修斯觉得可行，就付给他六百埃居。人们普遍认为，付那么多钱给一个陌生人，狄奥尼修斯想必学到了极其有用的本领，否则就不符合常理了。此事一经传开，敌人闻风丧胆。

君王们得知有人欲谋害他们后，总会明智地公布于众，以使人们相信他们明察秋毫，耳目无处不在，任何针对他们的阴谋都无所遁形。

雅典公爵刚确立对佛罗伦萨的专制统治时，做了很多蠢事，但最蠢的事莫过于杀死告密者：雅典人民密谋造反，参与者马代奥·迪·莫罗佐第一个向他告密却被他处死，只为隐瞒事实，不让人们知道雅典城里有人不满他的正确统治。

我记得从前读过一则故事，主人公是个罗马的达官显贵，为逃避三头政治的暴行，他想尽各种巧妙办法，数次脱

十六
建议的方式决定结果

身于追捕者的魔爪。一天，一队奉命抓他的骑兵经过他藏身的荆棘丛，并未发现他。但他忽然厌倦了长期以来东躲西藏的日子，千辛万苦的乏味生活，他心想，与其像这样永无止境地担惊受怕，倒不如一死了之。于是，他走出藏身之地，叫住离去的骑兵，任由他们处置，这样双方都从长期劳累中获得解脱。

自投罗网的决定看似鲁莽，但是，与其惶惶不可终日，最终仍难逃被捕的下场，不如干脆去自首。既然能够想到的对策充满不安和疑虑，还不如镇定自若地迎接一切可能发生的事。若有未曾预料到的好事发生，人们也能感到些许慰藉。

译注

1. 指弗朗索瓦·德·吉兹公爵（1519—1563），洛林家族成员。
2. 指弗朗索瓦·德·吉兹于 1563 年 2 月 18 日，在奥尔良城前遭胡格诺派波尔特罗·德·梅雷的暗杀。
3. 指路易十一国王，先后两次去孔弗朗城堡和佩龙同大胆的查理会谈，被史家认为是冒险之旅。

十七

谈孩子的教育问题——

献给迪安娜·居松伯爵夫人

至今，我还没见过父亲不认自己的儿子，哪怕儿子是癫痫头或者驼背。倒不是他因溺爱儿子而看不到这些缺陷，而是不管怎样，那都是他的骨肉。同样的道理，我比谁都清楚，我的文章不过是一些梦话，出自一个在孩提时代品尝了最表层知识的人之口。这些知识在我脑中残留笼统而朦胧的印象，我好像什么都知道一点，可哪一样都不精通，很具有法国特色。

所以，我懂一些医学，懂一些司法学，知道数学分为四大部分，大略知道它们的意义。可能我还知道人们都希望知识服务于我们的生活。但是，我习惯于浅尝辄止，没能潜心研究现代知识之父亚里士多德，也没能孜孜不倦地研究其他学科。任何一门学科，我都说不清个所以然，任何一个中级班的孩子，都有自信在学问上高我一筹。因为，对他们而言，我不具备出题考他们基本课程的能力。要是非得考他们，我只能硬着头皮出些一般性的题目，考他们先天的判断力，这一学科，他们一无所知，就像我对他们的课程一窍不通。

除了普卢塔克和塞涅卡的著作，我没有再发现过其他可靠的书本。我不断地从他们的书中采集、搜寻，就像达那伊德斯往无底水槽里注水一样永不停歇。我用纸笔记录领悟，却很少将它们变成记忆。

我对历史尤为擅长，对诗歌也情有独钟。克莱安西斯说，声音挤过喇叭狭窄的管子后会变得更尖、更刺耳，我想思想也是一样，它们拥挤在诗的韵脚下，猝然腾空而起，给人更加强烈的震撼。而且，我感到自己的天赋才能——这也是我随笔中会讨论的话题——被重力压弯了。

我的意念和观点，是在摸索中逐渐形成，犹犹豫豫、跌跌跄跄，即使尽我所能走得远一些，我也一点儿不满意。我的目光投向更远的地方，但就像雾里看花一般模糊，辨不清楚。我心态淡然，不屑作秀，脑子里有什么就说什么，只凭直觉说话；尽管如此，我依然可以在某些优秀的作家那里，邂逅我曾论述的老生常谈的事物，就像不久前，我在普卢塔克的书中也发现了他对想象力的论述。与他们相比，我意识到自己的迟钝麻木、微不足道，不由得自轻自怜起来。

虽说这样，我仍会喜不自胜，因为我们的看法不谋而合，至少我远远地跟在了他们身后，支持了他们的观点。而且，我还能发觉我们之间的最大差别（这是一般人很难做到的）。可是，尽管我的观点绵软无力、粗俗卑微，但我执意保留自己的原稿而不加粉饰，也不弥补与那些作家相较之下发现的不足。同这些人并肩而行得有挺直的腰板。我们这个世纪有些轻浮的作家，大段抄袭古代的作家作品用在自己意义薄弱的文稿中，企图增加自己的文采，可结果却适得其反，因为抄来的段落和他们自己书写的段落简直有天壤之别，高下立判，凸显他们自己的东西苍白无力，实在是得不偿失之举。

下面是两种截然相反的极端做法。哲学家克里希波斯的著作中，不仅整段引用其他作家的论述，甚至会引用整部作品——他的一部著作中包含了整部欧里庇得斯的《美狄亚》。阿波罗多罗斯[1]也说，若有人不引用他人精华，那此人的作品就苍白无力。相反，在伊壁鸠鲁传世的三百卷作品中，找不到一条引用别人的话。

有一天，我意外地读到一段文章。文章内容平白无奇、空洞无物、死气沉沉，读起来令人昏昏欲睡，索然无味。读了很久，厌倦至极，突然跳出一个妙趣横生、错落有致的章节。如果说前面是平缓的上坡，这段简直就是悬崖峭壁，刚读了六句，就觉得飞升另一个世界了。同时，我也意识到刚爬出的那个深渊又浅又低，再也不想下去了。要是我借用这些精彩的段落来丰富自己的论述，我的其他论述就会相形见绌。

169

十七

谈孩子的教育问题——献给迪安娜·居松伯爵夫人

我认为，批评别人身上自己也有的错误，同批评自己身上别人也有的错误——就像我常做的那样——这两者并非水火不容。我们应该随时随地揪出错误来，使它们无处藏身。但我非常了解，尝试赶上我的抄袭之作，与那些作者平起平坐、比肩比美，我需要极大的胆量，还要更大胆地奢望瞒住别人的眼睛，不让他们发现抄袭的行为。这依赖于我的想象力和真实能力，还有我的专注力。何况，我拒绝同那些先驱者短兵相接，而采取麻雀战术。我不和他们肉搏，只是点到即止。即使我渴望肉搏，也不会付诸行动。

一旦我能势均力敌地同他们较量，我就是个大学问家了，因为我所引用的，都是他们最精华的东西。

我发现，有些人把别人的盔甲套在自己的身上，连手指头都没露出来一根，就像同一学科的学者常做的那样，讲古人的思想东拼西凑来表达自己的意图。他们无力创造有价值的思想，就用别人有价值的思想来标榜自己。首先，这是不光明的、不道德的做法；而且，更蠢的是，他们如此欺世盗名却只为了赢得平庸之辈的谬赞，而在有识之士面前自贬身价——这些人对借他人之物美化自我的行为嗤之以鼻，而正是他们的赞扬才举足轻重。

对于我来说，没有比这种抄袭更不齿的事了，我极少引用只是为了更好地表达自己。但以上说法不涉及编著，人们出版汇编集的目的就是把别人的东西汇总起来。不止古人，当今也有编纂精美的集子，比如卡皮鲁普斯的作品。他们是些有思想的人，利普休斯所编著的《政治》就是部博学的巨作。

我也不会掩饰任何东西，即便是非常荒唐的观点，就像我不会拒绝那张秃顶灰发的肖像，画家只是照实画，没有任何美化修饰。那些是我的内心和外在，我把它们写出来，是因为我的想法就这样，而非刻意附会"应有的"想法。我只是为了解剖自己，若我学习新的东西，第二天就会是另一副模样。我根本不想也无权让别人相信我，我自知学问浅薄，没有资格教育别人。

一位读过我的《论学究气》的朋友建议我在孩子的教育问题上铺开论述。那么，夫人，要是我能在此话题上探究出什么观点，那最好用来献给您即将出生的小男孩（您是那样的高贵，头胎应该是男孩）。因为，我曾有幸为您服务，自然希望您心想事成，另外，我曾积极促成您的婚姻，因而有权关注您家庭的兴旺发达。不过，话说回来，抚养并教育孩子，是人类最重要也是最困难的问题。

好比种地，播种前的耕作统一且容易，播种也不难，可是播下的种子一旦发芽、出苗，就需要各不相同的、独特的培养方式，会出现各种难题；人也一样，怀孕的过程自然而然，可是孩子一出世，就需要抚育和教导他，需要无微不至

十七

谈孩子的教育问题——献给迪安娜·居松伯爵夫人

地关怀他，我们为此鞍前马后，忙东忙西，担惊受怕。

小孩子的爱好稚嫩而脆弱，明灭不定，因此难以准确判断。比如，西门、地米斯托克利以及其他人，他们的行为与自己的幼年的性格相去甚远。熊与狗的后代总能继承原始的癖性，而人则会屈服于习俗、成见和法律，而逐渐改变和伪装自己。

强迫孩子做违背他们本性的事，是很难的。常常有人企图通过很长时间连续不断地培养，令孩子习惯他们勉为其难的事，最终因选错了路落得个缘木求鱼的下场。既然教育孩子这么困难，我认为应该引导他们做最好最有益的事，而不执迷于预测他们的前程。在《理想国》中，柏拉图似乎也给予孩子们很多权力。

夫人，知识是人类华丽的装饰品，是服务人类的神奇工具，特别是对于您这样极其富贵、极有教养的人。依我看，知识在地位卑微的人手中是一种浪费。它引以为荣的与其说能够当论据、作辩词或开药方，毋宁说能够帮我们引导战争、教育人民或赢得某位国王或某位亲王的友谊。夫人，您出身书香门第（至今我们还保存着富瓦克斯伯爵的文稿，他是您和您的丈夫的祖先；您的叔父弗朗索瓦·德·康达勒伯爵终日笔耕不止，他的作品足以使家族的传世才华流芳千古），必然感受过教育的好处，我深信您不会忘记当初的情形。所以，关于这个问题，我只想对您谈一点不同于习惯的看法，这就是我能为您做的一切。

为您儿子选择什么样的人做家庭教师，决定着他受教育的效果。家庭教师的职责涉及其他许多方面，但我不谈那些，我自知谈不好。在此，我想给那位教师一些忠告，如果觉得有道理，他就会接受。身为贵族子弟，学习知识不是为了谋利（这个目的卑微浅薄，会亵渎缪斯女神的垂青和恩宠，何况，有无利益，这取决于别人，自己说了不算），也不是为了适应社会，而是为了丰富自我，装饰内心；不是为了培养学者，而是为了造就干才。所以说，我希望您能给孩子寻找一位智识多于知识的老师，二者兼具则更好，要是不能，那么请选择道德高尚、判断力强的人，放弃空有学问的人。我希望，他能用新的方式来教育孩子。

在我们儿时，他们不停地往我们耳朵里灌输东西，就像灌入漏斗里，我们要做的只是鹦鹉学舌，重复别人说过的话。我希望您孩子的老师改变一下教育方法，第一天授课就要根据孩子的智力，进行测验，教会他独立观察、识别和选择食物，有时引领他前进，有时则让他独自披荆斩棘。老师不应该孤立起来想问题并单方面教授，应该与他的学生多多交流。苏格拉底还有后来的阿凯西劳斯都喜欢听学生先讲，然后他们再讲。

173

十七
谈孩子的教育问题——献给迪安娜·居松伯爵夫人

教师的权威多数时间在妨碍学生学习。

——西塞罗

老师应该让学生跑在他前面，以便观察其速度，决定如何控制速度以适应学生的程度。一旦师生的速度不相适应，事情就会变糟。选择适当的速度以取得一致的步调，据我所知是最难的事。一个负责而又明智的人，应该善于屈尊迁就孩子的步调，并加以指导。所以常说，上坡比下坡更稳健、更踏实。

一般的教师，无视学生的能力和习惯存在的差异，课程和方法千篇一律，所以，我毫不奇怪，在一大群学生中，能学有所成的寥寥无几。

正确的做法是，教师不仅要学生说出学过的词，还要讲出它们的意义，在评判学生的成绩时，不是看重他有没有记住，而是会不会活学活用。学生学到新知识后，老师应遵照柏拉图式教学法，让他们举一反三，充分实践，以验证他是否真正掌握，真正把知识变成了自己的东西。吞进什么，就排出什么，这是囫囵吞枣、消化不良的症状，肠胃要是没改变食物的外形和状态，那就是没有进行工作。

我们的思想徒劳无功，终将听凭别人的思想摆布，受它们的奴役和束缚。假如我们脖子上被套了根绳索，就会举步维艰，丧失活力和自由。

他们无法做到自我支配。

——塞涅卡

　　我在意大利比萨私访过一位学者，他把亚里士多德奉为神明，他的信条中最普适的一条是：衡量一个学说的可靠性和真实性，就是要看它是否符合亚里士多德的学说，不符合就是空谈和幻想。他认为亚里士多德无所不知，他的学说包罗万象。他歪曲这个信条的含义，为此，他曾陷入困境，被罗马宗教裁判所长期查究。

　　教师如果让学生严格筛选所学知识，而不是专横而徒劳地让他记住一切，那么，亚里士多德的那些原则，就和斯多亚学派和伊壁鸠鲁派的原则同样，对他而言不再是纯粹的原则了。要是提出各种观点让他判断，我想，他能甄别的就会做出甄别，不能甄别的也会提出质疑。

我喜欢怀疑，不亚于肯定。

——但丁 [2]

　　因此，如果学生能通过思考来掌握色诺芬 [3] 和柏拉图的观点，那它们就不再是色诺芬和柏拉图的观点，而是学生自己的观点了。跟在别人后头的人，只能望其项背，其实什么也得不到。他会一无所得，甚至可以说，他本就不想得到。"我们不受任何国王的统治，人人都有权支配自己。"学生起码应该知道自己学到了什么，应该去运用那些哲学家的观点，而不是死背他们的教条。要是愿意，完全可以忘记那些观点出自何处，而应该让它们为我所用。真理和理性一样是大家共有的，不论先来后到，也不论是柏拉图说的，还是我说的，只要我们的看法一致。蜜蜂采集花粉，酿成的蜜却是它们自己的；同理，学生从他人那里借鉴的断章残篇，经过加工整合，做成自己的作品，那就是他们的观念。他接受教育，他工作和学习，都是为了形成自己的观念。

他的帮助从何处得来，可以瞒而不报，只将成果展示出来。一般抄袭和借用的人，只炫耀他们建造的房屋，他们购得的物品，而非汲取的本属于别人的东西。法官收受的贿赂，谁也看不见，只能看见他为他的孩子们赢得了姻亲和荣耀。谁都不会将自己的收入归于公家，只会将公家的财物据为己有。

通过学习，我们变得更完美、更有智慧了，这就是学有所获。

埃庇卡摩斯[4]说过，唯有理解力才能看得透、听得真，它利用一切，支配一切，影响和控制一切。其他的一切都耳聋目盲，如行尸走肉。当然，如果我们不给理解力以行动自由，它就会变得唯唯诺诺、畏畏缩缩。哪位教师会让自己的学生，对西塞罗的某个格言的修饰和语法，谈过自己的看法？人们把这些镶有金边的警句格言，当作神谕灌输进我们的脑袋，一个字母、一个音节都被当作圣旨。背熟了不等于学会了，那不过是把别人的东西装在自己的脑子里。真正学会的东西，就要会使用，不必在意老师，不必看重书本。死背书得来的才能，是可悲的才能。但愿这类才能只用来装饰，而不被作为基础。这是柏拉图的观点，他说："坚定、信念、真诚是哲学的基础，除此之外的一切知识都是装饰品。"

我倒认为，在教我们跳跃时，帕瓦里、庞培这些当世英俊的舞蹈家，不让我们离开位置，而让我们看他们的动作更好，就像老师教我们判断，却不让我们启动大脑一样；我还希望，人们在教我们骑马射箭、弹琴吟诗时，不让我们练习，就像老师教我们准确判断和运用辞令时，不让我们练习讲话和判断一样。可是，在学习舞蹈一类东西时，我们眼前的一切，都可作为实用的教科书：邪恶的侍从，愚蠢的仆人以及餐桌上的言谈都是新的篇章。

所以说，人际交往是非常适合这种学习的。此外，还可以周游列国，但不要像法国贵族那样，只关注圣罗通达万神殿有几级台阶，利维亚小姐的衬裤有多么奢华，也不要像有些人那样，只注意尼禄在某废墟雕像上的脸孔，比他在某金币上的脸孔更长或更宽，真正要把那些国家的特性和长处带回来，用他们的智慧来完善我们自己的大脑。如果可以，在

十七

谈孩子的教育问题——献给迪安娜·居松伯爵夫人

孩子幼年时，就带他们周游列国；应该先从语言差异很大的异国开始，这样可以一举两得，及早训练孩子的舌头，长大了就更容易学好外语。

另外，人们普遍认为，接受教育的孩子，最好远离父母。天然的骨肉深情会使父母过于溺爱孩子，哪怕是最理智的父母，也会不忍心惩罚孩子的过错，不愿对孩子动粗，不愿让孩子太受束缚或冒风险。他们见不得孩子操练归来时汗流浃背，满身灰尘，凉着、热着，也见不得他们骑烈马，持利剑，同严厉的教官比试，或者第一次端起火枪。所以说，教育孩子别无良策：想使孩子出人头地，就不应在青少年时期对他们姑息、迁就，而应该经常违背医学规律。

让他们生活在野外，承受惊吓。

——贺拉斯

不仅要磨炼他们的意志，还要锻炼他们的身体。灵魂若无肉体可依，独自承担双重任务，就会不堪重负。对于我，这方面的体会极深。我身体虚弱敏感，灵魂要多付出几倍努力，才能承受身体的压力。我读书时常常发现，那些前辈在谈论高尚和勇敢时，往往赞赏钢筋铁骨的身躯。我看见一些男人、女人和孩子，生来就强壮如牛，对他们而言，挨一顿打，就像被手指弹一下，声不吭，眉不皱。竞技者与哲学家比试耐力，更多的是用体力，而不是智力。可是，习惯于耐劳，就是习惯于吃苦。

劳动能在手上磨出耐疼的茧子。

——西塞罗

要锻炼孩子吃苦耐劳的精神，这样，他们就能忍受脱臼、胃痛、烧伤、坐牢甚至酷刑的痛苦。谁能保证他们不会遭受牢狱之灾和严刑拷打，有时候，好人也会像坏人那样被抓去坐牢和接受拷问。我们要学会去经受住考验。请记得，有些人目无法律，会用皮鞭和绳索威胁正人君子。

再者说，老师对孩子的权威应该至高无上，一旦父母在场，就会受到阻止和妨碍。另外，依我看，孩子被父母溺爱，或者从小就因出身豪门而具有优越感，这些对他只有害处。

在培养交往能力时，我们都会犯一个错误：我们总是彰显自己优势，兜售自己的货色，而不是去解读别人，并从中汲取新的知识。沉默和谦逊有利于与人交往。等您的孩子才华初现时，应该教育他不要恃才傲物；听到别人胡言乱语时，不要怒形于色，因为听到不同见解就面有愠色，是不礼貌和令人讨厌的举止。要教育孩子注重自身修养，自己拒绝做的事，别人做了也不必指责，没必要同习俗格格不入。

> **为贤人者，不应卖弄学问，不应盛气凌人。**
>
> ——塞涅卡

要教育孩子懂礼貌，不要学点知识就好为人师，不要小小年纪就野心勃勃，不要为了让人另眼相看就显示自己比别人聪明，更不要用指责别人和标新立异来捞取名声。只有伟大的诗人才有权创新艺术，别出心裁，同样，也只有伟大的英才俊杰才有权抛开传统，独树一帜。

> **即使曾有个苏格拉底和亚里斯提卜远离了习惯和传统，我们也不能奢望效仿，因为他们才华出众，超凡脱俗，所以才能独树一帜。**
>
> ——西塞罗

要教会孩子，只有在棋逢对手时才发表言论或进行争论，即使这样，也不要把所有的招数和盘托出，而只挑选对他最有利的。还要教会他，精于筛选自己的论据，说理切中要害，言简意赅。要教导他，一旦发现真理，就要立即放弃反驳，无论真理来自谁之手。因为他登台演讲，不是为了说出那些既定的台词。还要教导他，不要受任何理由的束缚，除非自己赞同这个理由，也不要用自己的钱去给自己买懊悔。

他不是非得用规定的观点来辩护。

——西塞罗

要是他老师的性格和我一样，会让他立志效忠君王，肝脑涂地，勇敢无畏。需要强调，这种效忠仅限于履行公务，要让他打消私人念头。一个人如果被金钱收买了，就要担当失信、轻浮和忘恩负义的罪名。

为人臣者必须急君王之所急，想君王之所想，这是他唯一的权利和观念。君王从成千上万臣民中选中了他，亲自提拔了他，这个恩宠和机遇使他眼花缭乱，他哪还敢直言不讳。所以，我们发现，这些人的语言通常不同于其他阶层人的语言，他们说话虚情假意。

让孩子的言谈闪烁着善良和道德的光芒，唯有理性地指导他。教他懂得，当他发现自己的论述有误时，即使听者尚未察觉，也要敢于承认，这是为人诚实和判断力强的表现，而诚实和判断力正是他应该追求的重要品质；还要教他懂得，执迷或

十七

否认错误是庸人的作风，越是卑贱的人身上表现得越是明显；他应该懂得，修正观念，改正错误，以及半途放弃错误的决定，这些都是难能可贵的品质，是近乎哲学家的品质。

要告诫孩子，和别人在一起时，要随时观察周围的情况，占据有利位置，因为我发现，最重要的位置往往被平庸之辈占据。

财富多绝不等于才华出众。坐在餐桌上时，有的人大谈一挂毛毯如何华丽，马尔维西亚酒如何美味，而我听见另一端响起了风趣的谈话。

而且，他要考虑每个人的价值：放牧者、泥瓦工、甚至过路人。还要把一切都调动起来，取众家之长，因为一切都是有用的，哪怕是别人的愚蠢和缺点，对他都有教育意义。通过观察每个人的举止风度，他就会自然而然地羡慕得体的举止，鄙夷不端的行为。

还要培养他探寻一切的好奇心，使他对周围一切奇特的事物，都要探个究竟：一间房、一池水、一个人、一片古战场以及一条恺撒或查理曼的通道。

什么土地会上冻，

什么土地烈日下起尘埃，

什么风把帆船吹向意大利？
——普罗佩提乌斯

我们要保证，他将了解这个或那个君王的习惯、才能和联姻盟约。这些东西听起来并不乏味，知道了十分有用。

在各种人际交往中，我认为还应该包括——这很重要——那些仅仅存在于书中的历史人物。他要学会，通过历史书与最杰出、最伟大人物交流。这样的学习也许会枉费精力，但也可能收获颇丰，这取决于他的意愿。就像柏拉图所说的，那是斯巴达人唯一实用的学习。孩子阅读普卢塔克的《名人传》，怎能不大有收获呢？不过，为师者不要忘却自己的职责，不要让学生死记硬背迦太基灭于何日，而无视汉尼拔和西庇阿的品行，不要仅仅要求学生记住马克卢斯 5 死于何地，却不讲清楚那样的死为何不算死得其所。老师不仅要教学生历史知识，更要教会他如何反思。依我看，这是我们的大脑需要格外注意的东西。从李维的著作中，我读出许多额外的东西，别人却没有读到；而普卢塔克从中感觉到的一些东西，我却没有感觉到，或许作者本人也没有感觉到。有些人研究的是纯语法，另一些人却在对它进行哲学剖析，从中发掘人性最深奥的部分。在普卢塔克的著作中，有许多博大精深的论述，很值得大家细读，所以，在我看来，他是这类作者中的一代宗师。但也有许多论述好似蜻蜓点水，旨在为愿意研究的人指点迷津，有时只热衷于触及一个问题的最核心内容，强行把那些议题从中剥离，加以详细论述。拉波埃西根据普卢塔克的一句话，写成了《甘愿受奴役》，那句话就是：亚洲人屈从于一个人，对他连一个单节词"不"也不敢说。更有甚者，某人生平中的一件小事或一句话，都可能成为普卢塔克论说的题目，而它们似乎无法算作一个议题。不无遗憾的是，理解力强的人总是简明扼要，他们因此赢得声誉，但我们这样做，就不一定有同样的效果。普卢塔克要我们赞美他明辨是非，而不是学识渊博，要激起我们对他的兴趣，而不是厌倦。他知道，对于好事情，人们总是愿意多说，亚利山德里达就曾一语中的地指责那个过分赞美斯巴达法官的人："喂，外乡人，你用不应该用的方式，说了应该说的话语。"所以说，身材细长的人填塞麻布充强壮，脑袋空空的人拼命说话装聪明。

人类通过接触世界来提升自己的判断力，使自己能够明察秋毫。我们每个人都可能故步自封，目光短浅，只盯着鼻子底下的事。有人问苏格拉底，他是哪里人，他不说："雅典人"，而是说："世界人"。他比我们想象力更丰富，视宇宙为家乡，把自己的目光投向整个人类，热爱全人类，与全人类交往，不像我们只注意眼前的事。我家乡的葡萄园上冻时，那的神甫下结论说是上帝降怒于人类，还断言，野蛮的民族会因此而口干舌燥。看到内战再起，战火连连，谁不叫嚷天下已大乱，灭日审判已来临？他们却想不到，比这更糟的事时有发生，在世界的许多地方，人们依然生活得逍遥自在。而且，虽说战争肆无忌惮，为所欲为，我却惊讶地发现，它们温顺而无力。有的人头上挨了冰雹，就会以为风暴席卷了整个地球。萨瓦人亨利·爱蒂安纳居然说："要是那位愚蠢的法国国王善于理财，就可以做公爵的膳食总管了。"爱蒂安纳想象不出什么人比他的主人公爵先生更伟大。谁都可能不自觉地犯类似的错误，它可能会造成严重的后果和损失。所以，只有像看一幅画一样，看到大自然那威严无比的形象，从我们这位母亲的脸上观察到它瞬息万变的无尽形态，并且从中认识到，不仅是我们自己，连整个王国都只是一个精美无比的圆点，我们才能对事物的大小做出准确无误的判断。

　　大千世界就是一面镜子，我们应该借其照出自我，以便正确地认识自我；还有人把它分门别类，使之更加丰富多彩。所以，我希望世界成为学生们的教科书。它包含形形色色的特性、宗派、见解、观念、法律和习俗，可以教会我们正确地认识自我，找出自己的判断力有哪些不足和先天缺陷：这可不是轻易就能学会的。看到国家历尽沧桑，命运多舛，我们会懂得把握我们自己的命运，不去奢求奇迹。看到无数英

十七

谈孩子的教育问题——献给迪安娜·居松伯爵夫人

名、胜利和征服湮没在历史中，如果我们还以为抓十个轻骑兵，或攻占一个鸡棚似的防御工事就能名垂青史，那就会发现这个想法是多么幼稚可笑。看到多少国家将本国的奢华引以为豪，多少宫殿对自身的威严感到骄傲，我们见惯了君临天下的自豪，再见到辉煌的场面眼睛也会一眨不眨。还会看到，在我们之前，那么多人已安葬于地下，这让我们勇气倍增，不怕到另一个世界中去寻找良师益友。这样的益处还有很多。

毕达哥拉斯说过，人生就像规模庞大而人员繁杂的奥林匹克运动会。有的人在那里锻炼身体，想要在比赛中取得荣誉；另一些人是为了挣钱，把商品搬到那里销售。还有的人——不算最坏的——只是袖手旁观每件事如何进行，为何进行，并观察别人如何生活，以便学会判断生活，调整自己的生活。

一切实用的哲学观点，都将完全适用于上面的例子。哲学就像规则，是人类行为必定涉及的。要告诉孩子：

> 我们可以渴望什么，
>
> 辛苦挣来的钱如何使用，
>
> 祖国和父母对我们有什么要求，
>
> 上帝要你成为怎样的人，
>
> 你为他确定了什么角色，

我们为了什么存在，为什么诞生。

——佩尔西乌斯[6]

还要告诉孩子，何谓知之，何谓不知，学习要抱着什么目的；何谓英勇，何谓克制，何谓正义；雄心与贪婪、奴役与服从、放纵与自由之间区别是什么；识别真正满足的标志是什么；对死亡、痛苦和耻辱，害怕到什么程度不算为过，以及

困难怎样避免，痛苦怎样忍受。

——维吉尔

还要告诉孩子，什么动力能支持我们不断前进，什么方法能促使我们不断变化。因为我感觉，为了培养孩子的判断力，首先应该向他灌输对他的习惯和意识能起决定性作用的东西，教他认识自我，教他如何活得有价值，死得有意义。至于七种自由艺术，我认为，应从使我们获得自由的那种艺术开始教育。

这七种艺术一定能教会我们怎样生活，就像其他任何事物能教会我们生活一样。但应该选择对我们生活和事业有直接用途的那种艺术。

如果我们能够做到把生命的附属物限制在正确而自然的范围内，那么我们就会发现，在那些通用的科学中，最精华

十七

谈孩子的教育问题——献给迪安娜·居松伯爵夫人

的部分是不通用的，即便属于通用的部分，也有些广而深的东西是没用的，最好丢到一边，遵循苏格拉底的教导，把我们的学习界定在实用性内。

> 想成为智者，那就行动吧。
> 迟迟不敢行动的人，
> 就像河水退完后才敢过河的乡巴佬，
> 可河水却是永不干涸的。
>
> ——贺拉斯

请不要在孩子们知道自己的星座之前，就教他们星座的学问和第八球体的运转规律，教他们了解：

> 双鱼座、充满激情的狮子座、
> 西方海中的摩羯座有什么力量。
>
> ——普洛佩斯乌斯

这种做法是十分愚蠢的：

> 金牛星座抑或牛郎星座对我有什么用？
>
> ——阿那克里翁[7]

阿那克西米尼在写给他的学生毕达哥拉斯的信中说："我满目死亡和奴役，怎么能专注于研究星座的秘密？（因为那时候，波斯国王正厉兵秣马，要对他的国家发动战争）"换做是我们，每个人都可以这样说："我完全被野心、贪婪、鲁莽和迷信困扰，而生活中还有其他许多敌人，难道还要去观察天体的运动么？"

当我们教会了孩子怎样使自己变得更聪明、更优秀之后，就可以继续教他逻辑学、物理学、几何学和修辞学了。他已经培养起足够的判断力，所以他所选择的学科，他很快就能融会贯通。授课方法有时可以通过闲谈，有时可以通过讲解书本；老师可以让他阅读跟他的课程相关的作品选段，也可以详细讲解精神实质。要是孩子自己不善于读书，发现不了书中的精彩之处，老师可以有目的地给他选择些作品，根据不同情况准备不同资料，发给他的学生。谁能说，这种授课方法不比希腊语法学家加扎的方法更容易、更自然呢？加扎授课时，内容尽是晦涩艰深、索然寡味的原理和空洞枯燥、苍白无力的词语，没有能够启发智力的有意义的知识。而采取我说的授课方法，孩子可以理解和吸收更多的东西，这样结出的果子会更加硕大，也更加成熟。

不可思议的是，在我们这个时代，竟有这样的事，即使是很有智慧的人，也会认为哲学是个空洞、虚幻的词语，无论从理论还是从实效看，哲学既无用也无意义。我猜测，这是由于似是而非的诡辩堵塞了哲学各条通道的缘故。把哲学描绘成横眉怒目、高傲冷峻的可怕模样，让孩子不敢接受，这么做大错特错。是谁给哲学蒙上了一张苍白可怖的假面具？没有比哲学更轻松愉快的学科了，我差点就说哲学幽默逗人了。它只劝诫人们舒适、安逸地生活。在它那里，忧愁、烦恼没有立足之地。法学家德米特里在德尔斐神殿遇见一群坐在一起的哲学家，就问他们："是我搞错了吗？看你们平静愉快的神情，不像在激烈讨论。"听他这么问，当中一位哲学家迈加拉人赫拉克里翁回答："只有去研究动词'我扔'是否有两个人，或比较级'更坏'和'更好'以及最高级'最坏'和'最好'的派生原理的人，才应该皱着眉头讨论他们的学科。哲学议题一向都让讨论者感到趣味盎然，乐在其中，而不会愁眉苦脸，忧虑溢于言表。"

身体不适，可以感到心灵的不安，
但有时，也能猜出心灵的快乐，
因为两种状态都会反映在脸上。

——尤维纳利斯[8]

心灵装载了哲学，就会变得健康，应该用心灵的健康来促进身体的健康。心灵应让安详和快乐显露在外，以自己为模板来塑造身体的举止，使之雍容典雅，轻巧活泼，自信纯真。心灵健康最显著的特征，就是一直快快乐乐，就像月光下的物体，总是宁静恬然。是三段论而不是哲学本身，使那些奴仆身上沾满了泥巴和尘土。那些人学习哲学时只带了耳朵，不是吗？哲学确实能够平息人们心底的风暴，教会人们向往欢乐，但不能通过某个假象的本论，而要通过自然而具体的推理。哲学以弘扬美德为宗旨，但美德不像学校里讲的那样，长在陡峭崎岖难以接近的山峰上。相反，那些与美德打过交道的人，发现它栖身于土壤肥沃、百花盛开的平原上，在那里，它对周围的一切事物一目了然。所以说，如果人们熟悉路线，仍可以从绿树成荫、奇花异草遍布的道路到达那里，那是一件极其快乐的事，山坡舒缓平坦，就像通往天穹的仙路。那美德至高无上，华美庄严，情感丰富，且风趣幽默，勇敢顽强，它与乖戾、悲伤、恐惧和束缚水火不容，它以本性为指引，与幸运和快乐为朋友。可那些人因为没有接触过美德，或者孤陋寡闻，将它想象成愁眉苦脸、争论不休、面红耳赤、善威逼利诱的怪物，将它置于高山之上，离群索居，周围布满荆棘，如此空想出来的形象，当真让人茫然不知所措。

老师不仅要让学生崇尚美德，还要，甚至更要让他崇

191

十七

谈孩子的教育问题——献给迪安娜·居松伯爵夫人

尚爱情，使美德和爱情充满他的意愿，还要对他说，诗人作诗总是遵循普遍规律，将爱情作为永恒的主题，奥林匹斯山的诸神更乐于将汗水洒在前往拜访维纳斯而不是雅典娜的路上。当孩子开始萌生自我意识时，将布兰达曼或昂热利克[9]介绍给他当玩伴：一个的美是纯粹浑厚，热情主动，慷慨大方，并非男性却阳刚勇猛，另一个的美是空洞乏力，矫揉造作，稚嫩脆弱，极不自然；一个穿男式服装，戴闪光高顶头盔，另一个穿女孩衣裳，戴饰有珍珠的无边软帽。要他做出与弗里吉亚的那位娘娘腔的牧羊人[10]相反的决定，那么，他就会认为他的爱情阳刚气十足。老师要给他传授新的一课，让他懂得，美德的真正价值和高贵之处，在于简单、实用和快乐，它距离困难很远很远，不管是孩子还是大人，头脑简单的，还是聪明过人的，都能一学就会。美德常用的手段是给以建议，而不是强制。它的第一个宠儿苏格拉底刻意放弃强制的做法，而是自然地、轻松地、逐渐地获得美德。它就像一位母亲，用乳汁哺育人类获得快乐：当它让快乐合乎情理，也就让它们变得真实纯洁；如果对快乐有所节制，就会使我们精神振奋，生机勃勃；如果它把难以接受的快乐清除，就会使我们对剩下的更感兴趣；它把我们最需要的快乐全部留下，十分宽裕，我们得以尽情享受慈母般的恩泽，直到心满意足，甚至厌倦（也许我们会说，控制饮食绝不是快乐的敌人，节制使饮者未醉便休，使食者未咽先饱，使淫荡者未患秃发症便金盆洗手）。要是美德缺少正常的好命运，它就会避开或放弃，另造一个完全属于它自己的命运，不再是左右飘忽，变化不定。它热衷于成为标志、强者和有学问的人，睡在麝香熏过的床垫上。它热爱生活，热爱美好、荣誉和健康。但它的特殊使命，就是能够合法地拥有这些财富，也能够随时失去它们：这使命与其说艰难，不如说崇高。没有它，生命的任何进程都会一反常态，动荡不安，丑陋不堪，最终剩下暗礁、荆棘和畸形的怪物。如果这个学生很特别，就喜欢听老师讲奇闻逸事，而舍弃一次愉快旅程的叙述或明智的劝告；如果他的同伴们听到咚咚的战鼓声就热血沸腾，他却禁不住街头艺人的诱惑，转身去看表演；如果他认为风尘仆仆从战场凯旋没什么意思，更愿意在球场或舞会上大出风头；如果真是这样，我对此也无可奈何，只有奉劝他的老师在无人之时，趁早把他掐死，或者让他到街上去卖糕点，哪怕他是公爵的儿子，因为按照柏拉图的说法，孩子将来在社会上谋生，不该依赖父母的财产，而应该凭借自己的本事。

既然哲学能教会我们如何生活，既然人们在童年时期和在其他时期一样，能从中获得好处，那么，为什么不把哲学教给孩子呢？

十七

谈孩子的教育问题——献给迪安娜·居松伯爵夫人

趁黏土又软又湿，应该赶快行动，

让轻快的轮子转动，把它加工成型。

——佩尔西乌斯

直到人生结束时，人们才开始教我们如何生活。多少学生没等学到亚里士多德关于节欲的课程，就已经染上了梅毒。西塞罗说过，即使他多活一次，也不愿花时间去研究抒情诗人的作品。我认为，那些诡辩者比想象中的还要可悲和没用。况且，我们的孩子没有那么多时间，他们只在十五六岁之前接受教育，以后就投身于实践了。如此短的时间，应该让他们学习必需的知识。让学生学习艰难的诡辩是错误的，应该把它从辩证法的课程中删除，诡辩无法改善我们的生活。应该教学生简单的哲学论述，要选得合理得当：它们要比薄伽丘讲述的故事更易于接受。打吃奶起，孩子就能接受浅显易懂的哲学道理了，这比读书写字更容易。哲学既有适合老人的论述，也有适合小孩的道理。

我认为普鲁塔克的观点是对的。他说，亚里士多德在教他的学生亚历山大时，不重视三段论或几何定律，而更热衷于教他有关勇敢、胆识、宽容、节欲和无所畏惧的道理。等到亚历山大对这些学有所成后，尽管他尚未成年，亚里士多德就派他去征服世界，当时他只有三万名步兵、四千匹战马和四万两千枚埃居。普鲁塔克认为，对于艺术和科学，亚历山大也有很深的敬意，赞扬它们优秀和高雅，但是，按照他的天性，他不会轻易产生将它们付诸实践的念头。

> 年老的或年轻的，
> 请从其中选择可靠的规则，
> 领取度过风烛残年的生活费。
> ——佩尔西乌斯

伊壁鸠鲁在给迈尼瑟斯信中的开头就说："但愿儿童不逃避哲学，老人不厌倦哲学。"这似乎说明，如果不这么做，就没有机会成功地生活。

因此，我不愿看到人们把你的孩子当成囚犯，不愿把他托付给一个性情忧郁、喜怒无常的老师看管。我不愿看到腐蚀他心灵的事发生：让他像其他孩子那样，每天学习十四五个小时，像脚夫一样受苦受累。要是他性格孤僻或阴郁，太过埋头于书本，而人们明知他这样做不太明智却还放任自流，我认为这很不恰当，这会让孩子对社交活动和更美好的娱乐失去兴趣。与我同时代的人中，我见过许多人因盲目探求知识，最终变得呆头呆脑，愚不可及。卡涅阿德斯专注于学问，忘乎所以，竟然连刮胡子和剪指甲的时间都没有。我也不愿别人粗俗的言谈举止影响他高雅的习惯。法国人的精神曾经闻名于世，开花很早，但不能善始善终，难以持久。即便是现今，我们依然可以看到，法国的孩子是最优秀的，可是，他们常常辜负人们的期望，一旦长大成人，就泯然众人了。我听到某些人士指责说："人们都把孩子送进学校，使学校多如牛毛，但培养出来的孩子一个个呆头呆脑。"

不同的是，我们那个孩子，会有一间书房、一座花园、餐桌、睡床，单独一人或有人陪伴。清晨或者黄昏，任何时刻都是他学习的良机，任何地方都是他学习的圣地，这些都有利于培养他良好的习惯和判断力。在一次宴会上，雄辩家伊索克拉底被请求谈谈他的雄辩艺术，他的回答至今被人们所赞同："现在讲我善于做的事不合时宜，现在该做的事我不会讲。"因为人们在宴会上聚首是为了说说笑笑，品尝美味珍馐，这个场合向他们讲述怎样用雄辩术进行演讲或争论，会显得不伦不类，别扭至极。当然，其他学科也不适合在筵席上和娱乐时谈论。柏拉图将哲学请到了他的宴会上，尽管内容涉及的是哲学最高贵、最有用的论述，但我们能够发现，他怎样在特定的时机，用与场合相匹配的灵活方式，使在场的人愉悦：

哲学对富人和穷人都有用，

无论是孩子还是老人，

谁丢了哲学谁就要吃苦头。

——贺拉斯

所以，毋庸置疑，我们的孩子不会像其他孩子那样虚度光阴。不过，就像徜徉于画廊时，走的路比到指定地点多三倍，却不会有疲倦感，同样，我们的课程是遇到什么讲什么，无所谓时间和地点，贯通于我们所有的行动中，将在不知不觉中完成。而且，就连游戏和活动，比如跑步、格斗、音乐、跳舞、打猎、骑马、操练等，也将成为学习的重要内容。我希望，在塑造孩子美好心灵的同时，培养他举止得体，处事干练，体格强健。我们培养的不是一个心灵，一个躯体，而是一个人，不能把心灵和躯体分开，就像柏拉图说的那样，不能只训练其中一个而忽视另一个，要同等对待它们，当作套在同一根车辕上的两匹马。从柏拉图这句话中能够看出，他没有给予体格锻炼更多的时间和精力，认为身心一样重要，而不是有所区别。

除此之外，教育孩子应该严厉与温和双管齐下，而不是照搬习惯的做法，那样不是在激励孩子们读书，而是逼他们感到读书很可怕、很残酷。

我不主张采取暴力和强制的方式。我认为没有比暴力和强制更糟的，它们会使孩子智力衰退或晕头转向。要是你想让孩子知廉耻并远离刑罚，就不要让他变得麻木。要锻炼他不怕流血流汗，不怕寒风烈日，蔑视一切危险；教他在吃、穿、住、用上不挑三拣四，而具备适应一切的能力。但愿他是一个健壮且活泼的小男孩，而不是漂亮却柔弱的。我一直这样认为，不管是在孩提时代，还是在成人或老年以后。事实上，最让我不悦的是我们大部分学校的管理方式。要是多一点宽容，孩子受到的危害就会少一点。学校绝对是一座名副其实的囚禁孩子的监狱。老师惩罚孩子，直到他们精神失常。您可以去学校看看：您的耳中会充满孩子的求饶和老师的怒吼。孩子们是那么娇弱，那么胆小，可是，为激发他们的求知欲望，老师却手执教鞭，伴着严肃的表情，强迫他们埋头读书，这样的做法难道不是极不公正、极其危险的吗？在这个问题上，我赞同昆体良[11]的观点：他清楚地认识到，老师的专权蛮横，特别是体罚孩子的做法，只会带来可怕的后果。按理说，孩子们的教室本该铺满鲜花和绿叶，而不是鲜血淋漓的戒尺！我要让教室里满是欢乐，洋溢着百花女神和美善女神的欢笑，就像哲学家斯珀西普斯在他的学校里实现的那样。孩子们收获的地方，也应该是他们玩乐的地方。有益于孩子的食物要用糖水浸泡，而有害的食物则应该带着苦涩。

令人倍感惊讶的是，柏拉图在他的法律中，尤为关注他那个城市的年轻人的快乐和消遣，对他们的赛跑竞技、唱歌跳舞都做了详尽的阐述。他说，在古代，这些活动由阿波罗、缪斯和密涅瓦这些神灵来领导和掌管。

涉及体操时，柏拉图大加拓展，阐述了无数条规则。但对文学却极少关注，似乎是为了音乐才向人们推荐诗歌的。

同聚会一样，我们的习惯，要避免出现怪诞和特殊，因为那是丑恶并可怕的，会妨碍我们的社会交往。

亚历山大的膳食总管德莫丰在黑暗中会冒汗，在阳光下会发抖。听闻德莫丰的这种体质谁不吃惊啊？有人闻到苹果味就像听到火枪响，唯恐避之而不及，有人一见老鼠就大惊失色，有人一见奶油就恶心干呕，还有人一见人们拍打羽毛床垫就肠胃不舒服，就像日耳曼尼库斯见不得公鸡，更听不得鸡叫。或许，这其中有什么神秘的特性，可我认为，要是及早发现，还是可以克服的。我的一些老毛病就是在接受教育时纠正的，自然费了不少劲，现在除了啤酒外，我不会挑剔任何吃喝的东西。所以，趁身体还可以塑造时，应该让它适应或改变某些习惯。但愿人们能控制好意愿和欲望，大胆地培养年轻人适应各种生活的能力，必要时，甚至让他们尝试一下放纵荒唐的生活。

要按照习俗来训练他。他应该什么事都能应付，而不应只懂得做好事情。因为不愿和主子亚历山大一起狂欢，卡利斯提尼斯失去了主子的宠信，对他的这种做法，连哲学家都不以为然。我们的孩子要学会同君王一起欢笑、游戏，一起寻欢作乐。我希望，即使在纵乐时，他也要保持旺盛精力，行动活跃果断，比他的玩伴略胜一筹。我还希望，他停止做坏事，不是因为他没有精力或还不擅长，而是他不想做。

不想做坏事与不会做之间有天壤之别。

——塞涅卡

我必须向一位贵族致以敬意。在法国时，他循规蹈矩，从不放纵生活。我问他，当他被国王派往德国，面对善饮的德国人，有没有因公务需要而喝得酩酊大醉。他回答说，他会入乡随俗，喝醉过三次，他还一一做了叙述。有些人喝酒的本事不大，在与德国人打交道时就会困难重重。我不无钦佩地发现，亚西比德[12]具有非凡本领，善于随遇而安，适应各种习俗，不惧伤害身体：时而比波斯人还要奢华糜烂，时而比斯巴达人还要艰苦朴素；在爱奥尼亚时，他纸醉金迷，荒淫无度，在斯巴达时则粗茶淡饭，完全改变了自己的习惯：

在亚里斯提卜 [13] 眼中，

任何衣着、境遇、命运都是美好的。

——贺拉斯

我也想如此培养我的学生，

如果他穿好穿坏都洒脱自如，

穿破衣心平气和，

穿华服相得益彰，

我会对他赞赏有加。

——贺拉斯

这些就是我的忠告。付诸实践的人比光说不练的人受益更多。明白了就会听进去，听进去了也就会更明白。

在柏拉图的对话录中记载，有个人说过："但愿哲学不是学习很多东西，不是探讨某种艺术。"

生活的艺术是所有艺术中最首要的，

学会这门艺术必须通过生活而非学习。

——西塞罗

弗里阿斯的君主莱昂问赫拉克里德斯，是研究什么学科或艺术的，他回答："我对任何学科和艺术都一窍不通，但我是哲学家。"

有人指责古希腊哲学家第欧根尼，说他不懂哲学却横加干预，他却反驳："不懂则会干预得更好。"

赫格西亚斯请第欧根尼帮忙推荐一本书，他却回答："您真逗，您选了真实而自然的、不是画出来的无花果，那您为什么不选真实而自然的、不是写出来的书呢？"

孩子学习知识后，重要的不是口头上去说，而是行动上去做。必须在实践中温习学过的东西。我们要去观察，他行动是否认真谨慎，行为是否善良公正，言语是否优雅中肯，生病时是否坚强，游戏时是否谦虚，享乐时是否节制，口味上是否讲究营养，理财上是否有条不紊：

把学问看作生活的准则，
而非炫耀的资本，
善于听从自己，
遵循自己的原则。

——西塞罗

我的生活是我的言论的真实写照。

曾经有人请教克斯达姆斯，斯巴达人为什么不把授勋敕令记录在案，以供年轻人参阅拜读，他回答："因为他们要让年轻人习惯于付诸行动，而不是光说不练。"等您的孩子十五六岁时，您就把他和学校里那些爱炫耀拉丁文的学生比较一下：那些学生花了同样多的时间，却只是在学习讲话！实际上都是些喋喋不休的废话。我从没见过有人说出的话比应该说的少，而我们有半辈子年华都会在耍滑中虚度。我们被迫用四五年的时间学习念单词，并把它们拼凑成句；还要用同样多的时间学习大段文章，并学会把文章均匀地分成四五个部分；而且，至少还要用五年时间，学会把词句快速排列组合以用于诡辩。我看，这些事，还是让专业人士来做吧。

记得有一次，我去奥尔良，在克莱里那边的平原上，偶遇两个艺术学院的教授，他们前后相距五十多米，是去波尔多的。我看到，在他们身后不远处，还有一群人，主人走到前面，是已故的拉罗什富科伯爵。我的一位随从走过去，向前面的那位教授打听他后面的那位绅士是谁，因为没有发现身后还有一群人，那教授风趣地回答："他不是绅士，而是语法学家，我是逻辑学家。"但是，我们要培养的，绝对不是语法学家或逻辑学家，而是一位绅士。让那些老学究去浪费他们的生命吧，我们有别的事要做。希望我们的学生脑袋里一旦装满知识，话语就会滔滔不绝，如果话语不愿追随，那就让他时刻带着它们。我常听见有人以不善表达为自己辩白，好像他们满腹经纶，只是因为口才不佳，无法展示出来。这绝对是在故弄玄虚。依我看，说不出是因为他们的想法尚未成熟，还在犹豫之中，理不清脑袋里的思绪，因而无法表达，他们连自己都没弄明白自己的想法。有的人有时说话会磕磕巴巴，由此可以判断，就像生孩子没到分娩阶段，正在怀孕，他还在用舌头去舔那尚未成形的物质。以至于，我始终坚持下面的观点，而它也正是苏格拉底的教诲：凡是思路活跃清晰者，一定能把所想的表达出来，哪怕用贝加莫土语，就算是哑巴，也可以用面部表情来表达。

谈论熟悉的议题，话语必定源源不断。

——贺拉斯

因此，塞涅卡在他的散文中也富有诗意地写道："抓住事物的实质，词汇就会油然而生。"西塞罗也说："事物本身就带着词汇。"我们的后代不必懂夺格、连词和名词，也不必懂语法；他的仆人或桥上的卖鱼妇对语法一窍不通，可是，您去同他们交谈，他们会谈得很好，用起语法规则来得心应手，甚至可与法国最好的文科生相媲美。我们的孩子不必懂得修辞学，不必学会在正文前先来个前言吸引"公正的读者"，甚至，他不用知道这些东西的存在。因为，任何精美华丽的绘画，都会在朴实无华的真实面前黯然失色。

浮华的辞藻只能取悦庸人，因为庸人无法消化更坚实的事物，就像塔西佗笔下的那个阿佩尔准确论证的那样。萨默斯岛的使者来见斯巴达国王克莱奥梅尼，并准备了一段漂亮而冗长的演说，以鼓动斯巴达王向萨默斯岛的独裁者波利克拉特斯宣战。克莱奥梅尼认真聆听完这段演说，然后答复："你们的开场白我已经忘了，中间的内容也忘了，我只记住了结尾，却一点也不想那么做。"他的回答真是精彩无比，那几个夸夸其谈的使者必定尴尬得无地自容。

还有一个人的话说得更精彩，他是怎么说的呢？雅典人要在两个建筑师中选出一个，以负责一座大型建筑的修建。第一个人装模作样，抛出一个漂亮的演说，把他对这份工作的考虑详细阐述了一遍，以拉拢民众倒向他这一边。另一个却只说了三句话："雅典的先生们，前面那位说的话，正是我将要做的事。"

西塞罗能言善辩，许多人对他钦佩不已，但是罗马政治家小加图却付之一笑，说："一个可笑的执政官，不过如此。"一则实用的警句或妙语，无论先说还是后说，总是诗意的。即便放前放后都不合适，警句本身也是好的。有些人以为把握好韵律，就能做出好诗，这个观点我难以苟同。要是孩子想加长一个短音节，那就加长好了，我们不在乎多听几秒钟；只要拥有独特的思想，具备高度的判断力，我认为他就是一位好诗人，不必是好的韵文作者：

他志趣高洁雅致，但诗词凌乱粗糙。

——贺拉斯

贺拉斯说，要使作品去掉所有的分节和格律：

去掉节律和音步，改变词序，

将第一个词移到最后；

诗人的肢体就分解在其中。

——贺拉斯

如果他坚持不懈，写出来的诗会很精彩。米南德[14]应约写一出戏剧，但迟迟不去动笔，交稿的日期临近了，有人指责他，他却反驳："一切准备就绪，只差往里面加台词了。"他已成竹在胸，所以剩下的事就简单多了。自从龙沙和杜·贝莱使法国诗享有盛名以后，所有孩子学作诗时都会像他们那样装腔作势。

声音洪亮，内容空洞。

——塞涅卡

相比较于庸人，诗人的数量从没有像现在这样多过。他们轻而易举地学会了表现韵律，可是却不知如何模仿龙沙丰富的描写和杜·贝莱微妙的思想。

然而，可能会有人用三段论烦琐的诡辩伎俩来折磨您的孩子，比如，火腿让人想喝水，喝了水就会解渴，所以说，火腿能解渴。遭遇这种情况，他该如何是好？他应该置之不理，这样做比所有反应更巧妙。

他可以借鉴亚里斯提卜那句反诡辩的嘲讽："既然我被捆住不舒服，你们为什么不松开我呢？"有人试图说服克里希波斯用诡辩的方法对付克莱安西斯。他嗤之以鼻地说："你去跟孩子们玩那些把戏吧，别把大人的严肃思想引入歧途。"要是那些愚蠢的诡辩，那些"晦涩难懂、难以捉摸的诡辩"，能让孩子相信谎言，接触它是危险的；但如果那些诡辩影响不到他，只能让他付之一笑，那我觉得可以让他接触那些东西。有些人可笑无比，为了追求一个华丽的辞藻，就偏离正道一千米。"或许，他们不是让词去贴合主题，而

十七

是要根据词去寻找合适的内容，哪怕离题千里。"塞涅卡这样说："有些人为了用上他们喜爱的一个词，不惜谈论他们本不想谈的话题。"而我宁愿扭曲一个漂亮的警句使它贴合我的想法，也不愿改变我的思路去寻找那个警句。总之，词汇必须为主题服务，紧紧围绕主题，要是法语中找不到合适的词，或许该去加斯科尼方言中寻找。我愿意看到，演讲的内容高于一切，听众听完后脑袋里满是内容，而不是词汇。无论是写在纸上还是说在嘴里，我都喜欢自然纯朴的语言，简洁有力、趣味犹存，而不是面目全非、生硬晦涩：

唯有使人震惊的文笔才是好的文笔。

——卢卡努斯

这样的语言也许难懂，但不无聊，也不矫揉造作、杂乱无章、缺乏条理和忸怩作态；每个字都实实在在；它不是学究式的、僧侣式的、律师式的语言，而是士兵式的，就像历史学家苏埃托尼乌斯声称，尤利乌斯·恺撒的语言和士兵的语言一样，尽管我并不明白他为何这样说。

我曾经很自然地模仿过年轻人肆意的着装：斜穿大衣，披风搭在一侧肩头，一只袜子胡乱套着，这体现了异域服饰的胆大妄为和艺术的随心所欲。但我认为，这种风度用到语言形式上会更加适用。对于弄臣而言，任何矫揉造作都是让人厌恶的，特别是关乎快乐和自由。而在一个君主治的国家，所有侍从都必须按弄臣的方式训练言谈举止。所以，我们稍微转向自然，忽视矫揉造作，是绝对正确的。

我非常讨厌布的针线和线头看得一清二楚，就好比一个漂亮的身躯不应该暴露出骨头和血管。

真话应该简单，毫不造作和粉饰。

——塞涅卡

除非想装腔作势，否则谁会小心翼翼地讲话？

——塞涅卡

雄辩术颇具吸引力，却无益于事物。

用毫无实用意义的奇装异服来引人注目，那是自卑的行为；同样，苛求新奇的句子和生僻的词汇，也是出于一种幼稚而迂腐的奢念。但愿我只需用到巴黎菜市场上的语言。语法学家阿里斯托芬就不精于辞藻，他效仿伊壁鸠鲁的言简意赅，认同雄辩术的目的是让语言明快。模仿语言很容易，所以大众会紧随其后；可模仿判断力和创新意识，就没那么容易了。大部分读者会由于找到了同样的衣服，就误认为拥有同样的身材。

力量和精力是不可借的，首饰和衣服才能借来借去。

在与我交往的人中，多数人说话就像我的《随笔录》一样，但我不知道他们的想法是否跟我一样。

据柏拉图说，雅典人注重讲话的优雅和感染力，斯巴达人则注重简明扼要，克里特人注重观点的丰满多于语言，最后一种人的做法是最好的。古希腊哲学家芝诺自称有两类弟子，一类被他冠以语史学家的称谓，痴迷于学习知识，这类学生是他最宠爱的；另一类是华丽辞藻的爱慕者，他们注重的是语言。这不是说善于言辞不是好事，只是没有善于行动来得好。我懊恼的是，我们的大部分时间都浪费在学习语言上。首先，我必须熟稔祖国的语言，然后是经常打交道的邻国语言。希腊语和拉丁语绝对是优美和伟大的语言，但太难学习。在这里，我介绍一种方法，比通用的做法轻松得多，是我亲身实践过的。有意者不妨试试。

我父亲曾尽最大努力做过各种探索，从聪明和博学的人身上，寻求一种优良的教育形式，却发现了通学的弊端。有人告诉他，我们要花很多时间来学习拉丁语和希腊语，而古罗马和古希腊人却不费吹灰之力，这是导致我们不能达到他们那样高尚心灵和渊博知识的唯一原因。我不认同这种说法。但是，不管怎样，我父亲还是达到了目的。我还在吃奶时，没开口讲话前，他就把我托付给一个不懂法语但精通拉丁语的德国人。那人后来成了名医，永远留在了法国。我父亲特意把他请来，高薪聘用，工作就是整天抱着我。还有两个学识稍差一点的人和他在一起，每天陪着我，以分担那个德国人的辛苦。他们只和我讲拉丁语。另外，家里其他人有一个必须遵守的规矩：我父亲本人，以及我的母亲、仆人和侍女，陪我玩耍时，要和我说话，就要用他们现学的拉丁语。不可思议的是，他们从中受益匪浅。我父母学会了足够多的拉丁语，具备听说能力，必要时还可以与人交谈，那几个侍候我的仆人也同样。因此，我们之间经常用拉丁语交流，连周围的村庄都受到了影响，以至于某些手工业工具的拉丁语名称在那里流行，并且沿用至今。而在六岁前，我听到过的法语或佩里戈尔方言不比阿拉伯语多，最多的自然是拉丁语。就这样，没有课程，没有书本，没有语法规则，无须教鞭，无须落泪，我就掌握了拉丁语，并且像语言老师一样纯正，因为我不会将它同其他语言混淆，也不会讲得走样。要是律师想照中学常做的那样，试着让我把拉丁语翻译成法语，给别人法文，却给我一篇语法混乱的拉丁文，我就把它改成地道的拉丁文。我的那些家庭教师，如著有《论罗马人民集会》的尼古拉·格鲁奇，评述亚里士多德的纪尧

十七

谈孩子的教育问题——献给迪安娜·居松伯爵夫人

姆·盖郎特，苏格兰大诗人乔治·布坎南，被意法两国公认为当代最优秀的雄辩家的马克·安托尼·米雷，他们常回忆说，幼年的我讲拉丁语就非常自信和自如，以至于他们不大敢用拉丁语和我对话。布坎南后来追随已故的德·布里萨克元帅，我们见面时，他对我说，他以后讲孩子的教育问题，要拿我作事例，那时候，他是德·布里萨克伯爵的家庭教师，这位伯爵日后多么骁勇顽强。

然而，我几乎一点儿也不懂希腊语。父亲决定采用人为方式教我学希腊语，但有所创新，将教学融于游戏与训练之中。我们把词汇表像球那样扔来扔去，就像有些人通过下棋来学习数学和几何一样。因为有人劝说我父亲，教我体味知识和义务，却不能强迫进行，得让我自己产生兴趣，要在美好和自由的环境中培育我的心灵，而不能用严厉和约束的手段。有一个说法：早晨粗暴地把熟睡的孩子弄醒（孩子睡觉比大人更沉），会损害他们娇嫩的大脑。我父亲信以为真，每天早晨用美妙乐声将我唤醒，我身边从不缺少演奏者。

这一做法可以预测出以后的成果，而且应该对这位好父亲的细心和爱心给予高度的评价；如果说做了如此细致的耕耘，却没有等量的收获，那就不是他的问题了。导致这一结果可能有两个原因：第一个原因是，土地贫瘠，或者说缺少天赋。尽管我身体结实强壮，但我生性温顺随和，看上去总是无精打采、有气无力，人们无法使我告别无所事事的状态，除非让我去玩耍。我理解东西，总是理解得很快、很好；在懒惰性格的驱使下，我制造着超越年龄的大胆想法。我的思维能力匍匐前进，习惯跟着别人的指挥棒转动；领悟能力姗姗来迟；创造能力毫无生气；最后，我的记忆力差得匪夷所思。所以说，我父亲没有获得任何期待中的成果，那是不足为奇了。第二个原因是，我父亲非常担心他苦心经营的事功亏一篑，于是有病乱投医，不免随波逐流，接受了那些白痴的做法，当那些从意大利带回来的给予他启蒙教育的人先后离开后，他就屈从了传统势力。在我六岁时，就把我送去居耶那中学，这所学校当时办得风生水起，是法国最好的中等学府。在学校，他仍有能力给我额外的关照，为我精心挑选辅导老师，对我其他方面的不足也非常关心，有些违反校规的特殊方法，也为我个人保留下来。但毕竟在学校，我的拉丁语逐渐被遗忘，因为失去了语言环境，我也就不用它了。父亲的新式教育，在我身上只派上了一次用场：我刚入学直接跟读高级班，当我十三岁中学毕业时，我已完成了所有课程（课程是他们的说法），其实，对我来说，那些东西毫无用途。

　　我最初对书本产生兴趣，源自奥维德的《变形记》。那

213

谈孩子的教育问题——献给迪安娜·居松伯爵夫人

时我大概七岁，我规避其他一切乐趣，陶醉于阅读此书；再说，拉丁语是我的第一语言，而且，这本书是我所知的最易懂的书，就内容而言，最适合我当时的年龄。别的孩子饶有兴趣地读着其他杂七杂八的书，其中包括《湖中的朗斯洛》《阿马迪斯》《波尔多的于翁》，有的我甚至不知道书名，更不用说内容了，因为我选书是很苛刻的。因为读了奥维德的寓言，我在学习其他规定课程时，更加提不起精神了。幸运的是，我恰好遇到了一位通达的老师，他处事灵活，对我这一违纪行为以及其他类似的事总是装作没看见。我接着又读了维吉尔的《埃涅阿斯记》，还有泰伦提乌斯、普劳图斯以及意大利的戏剧，我被那些美妙的主题深深吸引。要是那位老师突发神经，禁止我读这些书，那么学校留给我的将只有对教科书的憎恶，就像那些纨绔子弟通常所处的状况。他做得很巧妙，睁一只眼闭一只眼，使我可以偷偷地读这些书，这样更激起我阅读的强烈欲望，而对于规定课程，他总是温和地引导我完成本职。我父亲给我选择家庭教师时，非常注重那些人随和的性格，所以，导致我倦怠懒惰的毛病，问题不在于我学坏，而是无所事事，没有人预言我会变坏，却会无所作为，不会诡计多端，而会游手好闲。

我承认，事实正是人们所预料的那样。我耳边总是萦绕这样的抱怨："无所事事；对朋友和亲戚漠不关心，对公务漫不经心；太个性。"总占便宜的人不说："为什么他拿了没付钱？"而说："为什么他不免费？为什么他不施舍？"

人们要我一味地付出，这我无所谓。但是，他们要求我明知不可为而为之，自己却明知可为而不为，这未免有失偏颇。我为别人效劳，那是我自愿去做的；我生性被动，不爱做好事，所以我做好事更应该受到赞扬。我绝不放弃我的权益或债权。属于我自己的财产，我才能自由地支配。可是，要是我很想给自己的行为增添光彩，我会把他们的指责挡回去，我会对他们说，我对他们的冒犯还不够多，我还可以做得更绝。

但是，与此同时，我的心灵仍旧独善其身，对于它所熟知的事物，保有坚定的冲动和正确而坦率的看法，它独自嘲笑他们，不同流合污。并且，我深信，我的心灵绝不会屈服于武力或暴力。

我在致力于扮演我的各种角色时，是不是应该赞美一下我从小拥有的那些能力：自信的神态，异样的声调和灵活的动作？因为，没到年龄，

刚满十二岁。

——维吉尔

十七

谈孩子的教育问题——献给迪安娜·居松伯爵夫人

我就在布坎南、盖朗特和米雷的拉丁语悲剧中担当了主角。那些悲剧曾经在居耶那中学上演。安德烈·戈维亚校长在此方面无与伦比，堪称法国最伟大的中学校长，就像他在行使其他方面职责所表现的那样。人们把我当成专业人士。我很支持贵族子弟演戏，这对于他们是一种消遣。我发现我们的君王也效仿古人，乐在其中，这种行为应该赞扬和尊敬。

在希腊，以演戏为职业同样可以成为有身份的人："他（反对罗马的安德拉内多尔）向悲剧演员亚力斯顿透露了计划。后者出身名门，家境富裕，演戏对他毫无损害，因为它在希腊不是卑微的职业。"（李维）

我一直认为，指责演戏的话语有失礼貌，禁止有才华的演员进入我们的城市，剥夺人民参加这种公共娱乐活动的权利，此类做法是不公正的。良好的管理，不仅要让公民参加严肃的宗教活动，还要参加轻松的娱乐活动，以增进人与人之间的交往和友谊。试想，还有哪种娱乐活动，会比民众悉数参与，行政官在旁监管的娱乐更规矩？依我看，行政官或君王自己出钱让民众享有娱乐是很明智的做法，并且，这可以显示他们慈父般的情怀。在人口密集的城市里，应该有专供演出此类节目的场所，也可以有一些不好的、秘密的娱乐场所。

言归正传，只有如此，才能激起孩子们读书的欲望和热情，否则，培养出来的不过是驮着书本的蠢驴，要用皮鞭逼他们扎紧装满学问的口袋。知识应该同我们有机结合，而不仅仅是过路的房客，只有如此，才是正途。

译注

1. 阿波罗多罗斯（前140—前115），雅典著名的神话作家、语法家和历史学家。代表作《神话全书》。
2. 但丁（1265—1321），意大利诗人，作品有《神曲》《牧歌》《诗信集》等。
3. 色诺芬（约前430—约前354或前355），古希腊历史学家、作家。著有《远征记》《回忆苏格拉底》等。
4. 埃庇卡摩斯（前540—前450），古希腊喜剧剧作家、哲学家。
5. 马克卢斯（前268—前208），生前战功显赫，在一次对抗迦太基人的战斗中，中了汉尼拔的埋伏，被杀。
6. 佩尔西乌斯（34—62），古罗马讽刺诗人，他早期的诗歌、游记、悲剧等都已失传。
7. 阿那克里翁（约前6—前5世纪），古希腊诗人。
8. 尤维纳利斯（约60—约140），古罗马诗人，流传下来的16首讽刺诗，揭露罗马帝国的暴政，抨击贵族和富人的道德败坏，同情贫民的困苦生活。
9. 意大利诗人阿里奥斯托《疯狂的罗兰》中两位性格相反的女主角。
10. 指希腊神话中的帕里斯，特洛伊王子。

谈孩子的教育问题——献给迪安娜·居松伯爵夫人

11. 昆体良（约35—约95），古罗马教育家、演说家，著有《雄辩术原理》。

12. 亚西比得（约前450—前404），古雅典统帅、苏格拉底的弟子。

13. 亚里斯提卜（约前435—前360），古希腊哲学家，昔勒尼学派的创始人。

14. 米南德（约前342—前291），古希腊新喜剧作家，著有《恨世者》《萨摩斯女子》等。

十八

论友谊

我很赞赏一位画家为我作画时的方法，并产生了仿效的念头。他选择墙面正中最好的地方，大展才华，给我画一幅油画，却在油画的周围空间罗布怪诞不经的装饰画。这些装饰画变化多端，新奇独特，很有魅力。我这些随笔怎么样呢？仔细想来，正像那些怪诞不经的装饰画，身躯奇形怪状，拼接不同的肢体，没有恒定的面孔，次序、连接和比例都随心所欲。

一个长着鱼尾巴的美女。

——贺拉斯

在某些次要的部分，我和那位画家异曲同工，但在最主要的部分，我还无法与之媲美，因为我功力尚浅，画工不精，无法描绘出绚丽、高雅的画面。因此，我曾想过向拉

十八
论友谊

波埃西借一篇文章来修饰，以使我的作品的其余部分为之增色。那是拉波埃西的论文《论自愿为奴》，不过后来不知情者给它另起了个书名叫《反对独裁》。那时候拉波埃西血气方刚，于是写了这篇评论，颂扬自由，抨击专制。此文一经问世，就在有高度认知力的读者之间广为流传并备受推崇，因为它的确在诸多方面都十分优异。

当然，我们不能说此文是他所能创作的最好作品。但是，假设后来在我们相识时，他能把自己的想法写出来，像我一样，我们就能看到许多堪比古典名著的传世之作了，因为他的这种天赋超凡卓绝，在我认识的人中，绝无比肩者。遗憾的是，他的作品所剩无几，唯有此文，还是偶然为之，我猜他将它传出去后，就再也没想起过它。还有几篇关于一月敕令的论文。因与我们的国内战争有关，一月敕令大名鼎鼎。这几篇论文很可能会出版面世。这些是我从他遗赠给我的珍贵纪念物中收回的。在弥留之际，他立下遗嘱，满怀爱意地将藏书和文稿赠送给我。除此之外，我还得到了他的论文集，我托人把它出版了。其实，我非常感激《论自愿为奴》；多亏了它，我才有机会第一次接触拉波埃西。我拜读这篇文章，要早于我们的相识，在文中我初次见到了他的名字，从此，我们的友谊开始萌芽。既然上帝愿意，我们就精心培育我们之间的友谊，使之完美无缺。我可以确定，这样

麦穗至
成熟饱满
时

Les
Essais

222

的友谊实属罕见，在人与人之间是绝无仅有的。它要多少次接触才能凝聚成啊！千年一遇就算是幸运的了。

我们爱好交友远胜其他一切，这是出于我们的本性。亚里士多德说过，好的立法者较之公正更关注友谊。幸运的是，我和拉波埃西之间的友谊至善至美，因为，形形色色的友谊通常要靠欲望或利益、公共或私人的需要来建立和维持；友谊越是掺杂本身以外的其他因素，企图或利益，就越不纯洁高贵，越无真正的友谊可言。

亘古存在四类友谊：血缘的、社交的、待客的和情爱的，它们无论是个体还是任何组合，都不符合我所要说的友谊。

子女对父亲更多的是尊敬，而不是友谊。友谊需要交流，父子的不平等关系导致他们难以交流；友谊甚至会损害父子之间的既有义务。父亲不愿与孩子共享某些秘密，怕孩子对父亲失去起码的尊重而有失体统；孩子敢于向父亲提意见，甚至纠正错误，这是友谊的最重要的义务之一。从前，有些国家的习俗是儿子要把父亲杀死，而另一些国家的习俗却是父亲杀儿子：这是为了扫清人生的障碍，或许一方的生存决定于另一方的毁灭。有些古代的哲学家就蔑视这种天然的血缘关系。亚里斯提卜就是如此：有人问他是否因为爱而生下孩子，他听后不屑地说，要是怀上虱子或蠕虫，他也会把它们生出来。还有，普卢塔克对于手足之情曾说过："即便我们是亲兄弟，我也不在乎。"其实，兄弟这个称谓是个美好而充满爱意的词汇，我和拉波埃西的关系就如同兄弟。可是，财产的共享和分配，二人之间的贫富不均，都会极大地削弱和涣散这种兄弟情义。兄弟们在同道或同行中谋取利益，兄弟之情必然会受到频繁抵触和冲撞。可话又说回来，那种孕育纯真完美友谊的关系，为什么出现在兄弟之间呢？父子的性格有可能天壤之别，兄弟之间也同样。他是我的父亲，可他野蛮残暴；他是我的儿子，可他是个白痴混蛋。而且，越是自然法则或规定义务强加给我们的友谊，我们的自我意愿就越少。自我意愿所衍生的只有友爱和友谊，绝对不会是别的。在这方面，我深有体会，尽管我曾拥有世界上最宽厚仁慈的父亲，他从未改变，直到生命的最后一刻；我的家庭以父子情深而闻名，在兄弟感情方面也堪为世人榜样。

我对兄弟慈父般的关爱有口皆碑。

——贺拉斯

如果将爱情同友谊作比较，尽管爱情完全出自我们的选择，也无法置于友谊之上。虽然我承认，爱情之火更奔涌、更炽烈、更灼热。

因为爱神也了解我们，

将甜蜜的痛苦融入了她掌管的事中。

——卡图卢斯

　　但爱情是一种朝三暮四、变幻莫测的情感，它狂热冲动、跌宕起伏、冷热无常，将我们系于一发之上。而友谊是一种普遍和通用的情感，它平稳随和、沉着冷静、持之久远，它愉快而高雅，不会给人带来忧伤和痛苦。并且，爱情只不过是一种疯狂的欲望，越是得不到的东西越想占有：

就像猎人追捕野兔，

忍受严寒和酷暑，

踏平峻岭和峡谷，

只想追捕逃避的猎物，

一旦抓获就不再重视。

——阿里奥斯托 [1]

　　爱情一旦步入友谊阶段，也就是意愿相投的阶段，它就会衰弱甚至消逝。爱情是以满足肉欲为初衷的，一旦满足了，就不复存在。与之相反，友谊越是享有，就越会向往，友谊只有在获得之后才会发展、增进并升华，因为它是精神上的，心灵也会随之净化。在完美的友谊之外，我也曾有过轻佻的爱情，对它我不愿多谈，阿里奥斯托的那几句诗已将它表达得淋漓尽致了。所以说，这两种情感曾共存于我的体内，它们虽然相识，但从不交往；友谊不懈地寻找自己的方向，它翱翔于高空，傲气凛然，鄙夷地俯瞰爱情在它下面执着于自己的路。

婚姻并不是爱情的升华，那不过是一场交易，我们只有选择进去这场交易的自由（其期限是不可控制的，并不取决于我们的意愿），通常进行这场交易都另有所图，同时，还要处理各种各样的复杂纠纷，它们足以分裂婚姻或伤害感情。然而，友谊只与它自身相关，并不涉及其他交易。我敢坦言，女人无法满足于这种圣洁的关系，她们的灵魂不够坚强，无法忍受这种把人长久捆绑的亲密关系。如果不是婚姻，而是确立一种自愿和自由的关系，不仅灵魂可以互相完全拥有，而且肉体也加入其中，男人付出全身心的投入，那么我能断定，友谊的含义会更充分、更完整。很遗憾，没有先例可以证明女人愿意这么做。古代各哲学派系一致认同，男女之间无法维持真正的友谊。

希腊人狎昵的爱情理所当然地为我们的习俗所憎恶。并且，那种爱情也不符合我们这里所谈论的完美和对等的结合，因为情人间的年龄和地位往往相差悬殊："这种友谊式的爱情究竟是什么？为什么她们不爱浅薄的青年，也不爱漂亮的老头？"（西塞罗）对此，柏拉图学派并没有像我想象的那样去加以否定。他们辩护说，维纳斯之子在恋人心中激起的对青春美少年的初次迷恋仅仅是以身体为假象，即漂亮的外表为基础的；他们放任这样的迷恋狂热而肆无忌惮，就像毫无节制的欲望能够产生的那样。对美少年的初次迷恋必然以肉体为基础；精神恋爱正在孕育，还没有成形。如果一个心灵丑恶的人喜欢上一个少年，那他采用的手段就是金钱、礼物、荣华富贵，以及其他一些低俗的商品，这种手段是柏拉图派哲学家们深恶痛绝的。一个心灵高尚的人，选择的方式也必然是高尚的：教对方哲学，教他尊重宗教、遵守法律、献身国家，这些都是勇敢、谨慎、公正的重要方面；求爱者要尽量做到心灵高雅并富有魅力，以便容易被接受，因为他的身躯早已风华不再，他渴望通过精神的交往，确立起更牢固、更长久的关系。当追求有了结果，被爱者会在心中形成一个初步印象（柏拉图派不规定求爱者在追求时，表现得镇定自若、小心谨慎，却要求被爱者做到这些，因为被爱者要判断内心的美丑，那是很难识别和观察的）。被爱者的决定，首先取决于心灵美，而外表的美是从属和次要的：这与求爱者的标准截然相反。所以说，柏拉图派更偏爱被爱者，并证实奥林匹斯诸神也是如此。他们曾强烈谴责，诗人埃斯库罗斯不该在阿喀琉斯和帕特洛克洛斯的爱情中，赋予

十八
论友谊

少不更事、富有激情、英勇无畏的希腊人阿喀琉斯求爱者的角色。精神的普遍一致是爱情最主要、最值得尊重的部分，柏拉图派认为，精神一致产生的结晶，于公于私都大有益处；这种精神的一致是国家的实力所在，是公正和自由的卫道士。哈莫迪奥斯和阿里斯托吉顿之间健康的爱就能证明这一点。因此，柏拉图派认为，精神的普遍一致是神圣和至高无上的。他们还认为，它的敌人是独裁者的残暴和人民的怯懦。总之，柏拉图哲学的爱情观就是一句话：爱情的结局是成为友谊。这一点，与斯多亚学派定义的爱情大体稳合：

爱情是一种获取友谊的探索，当某人美丽的外表令我们迷恋时，我们渴望得到他的友谊。

——西塞罗

回归正题，这对友谊的描述更公正：

只有等性格和年龄变得成熟和可靠时，才能对友谊做出完全的判断。

——西塞罗

除此之外，我们平时所谓的朋友和友谊，只是指由心灵相通的际遇联结起的频繁交往和亲密关系。在我定义的友谊中，心灵应该是互相融合，且融合得天衣无缝，再无连接的痕迹可循。要是有人追问我喜欢某人的原因，我说不清楚，只好回答："因为是他，因为是我。"

除了我能论述并阐明的因素外，仍有一种无法解释的，或者说命中注定的力量，在促成我和拉波埃西之间的友谊。尚未谋面却只因听别人谈起过对方，我们就开始互相追寻，超越理性地倾慕彼此。我认为这就是所谓的命中注定。我们是通过名字开始拥抱的。在某次重大的市政节日上，我们很偶然地相遇，一见如故，相见恨晚，从那一刻起，再没有人能比我们更接近了。拉波埃西用拉丁语写了一首堪称杰作的讽刺诗，后来得以发表。在那首诗中，他对我们的友谊这般迅速地逼近完美作了解释说明。我们相识时都已成年，他比我年长几岁，我们的友谊起步较晚，来日无多，所以不能再拖延，无法按步骤来，没有时间可浪费，不能像一般人那样小心谨慎，先进行长期的考验。这种友谊自成体系，只能独辟蹊径。这不是一种、两种、三种、四种以至一千种特殊因素，而是所有这些因素凝炼而成的一种难以名状的精华，它抓住我的全部意志，也抓住了拉波埃西的全部意志，使我们的意志彼此浸入并相互融合，如饥似渴，心心相印。"融合"一词恰如其分，我们不再有任何私人的东西，也不分彼此。

在判决提比略·格拉古之后，罗马执政官宣布追捕所有与他交往的人。他最好的朋友凯厄斯·布洛修斯（格拉古最重要的朋友）也在名单之上。当着罗马执政官的面，莱利乌斯问布洛修斯愿为格拉古做哪些事，布洛修斯回答："一切事情。"莱利乌斯又问："什么？一切事情？要是他要求你火烧神殿呢？"布洛修斯反驳道："他不会。"莱利乌斯又说："假设他会呢？"布洛修斯回答："我就去做。"史家评论，如果布洛修斯真是格拉古的挚友，就不该用最后的大胆回答来冒犯他们的友谊，不该放弃对格拉古意志的信任。可是，指责这个回答具有煽动性的人，并不了解这一点，并没有公正地认定他对格拉古意志的完全了解，他们彼此熟知，他们的友谊极具力量。他们是真正的朋友，而不只是同胞，不是敌视国家的朋友，不是大胆妄为和制造混乱的朋友。他们互相信赖，互相敬佩。如果你用道德和理性来牵引这种依恋的缰绳（否则绝不可能牵住缰绳），你就会认同布洛修斯这样的回答。要是他们的行动不一致，那么，不管按我的还是他们的标准，他们就谈不上是朋友了。何况，换作是我也会这样回答。要是有人问我："如果您的意志要求您杀死您的女儿，您会去做吗？"我会回答："会。"因为即使这么回答，也不证明我真会做，我完全信任我的意志，也会对朋友的意志深信不疑。我不会怀疑朋友的意图和观点，任何理由都不能令我放弃这个信念。朋友的行动无论以何种面目出现，我都能马上确定他们的动机。我们的心灵步调一致，互敬互重，我们的感情深入到五脏六腑，所以，我了解他的内心堪比自己的内心，我对他的信任甚至超过对自己的信任。

不要把我说的友谊同一般的友谊混为一谈。与大家一样，我也经历过一般的友谊，但我提醒大家不要把规则弄混，否则就会出错。身处一般的友谊中，走路时要握紧缰绳，如履薄冰，谨小慎微，随时都要提防这种友谊的破裂。"爱他时要想到有一天会恨他；恨他时要想到有一天要爱他。"这是奇隆的话。这条警句，对于我说的那种至高无上的友谊而言，是贻害甚深的，但对于普通而平常的友谊，却是苦口良药。亚里士多德有句至理名言，正是说后者的："唉，我的朋友，没有一个是朋友！"

利益和帮助可以培育其他友谊，但在我所说的至高友谊，它们是不值一提的。因为我们的意志已经融为一体。必要时我也会找朋友帮忙，但没有像斯多亚学派说的那样，这种帮助不会使我们的友谊加深，我也不会认为得到了帮助是值得庆幸的。所以说，这样的朋友相交才是真正完美的结合，他们再也不必背负义务，他们尤其憎恨那些会引起争执和分歧的字眼，比如利益、义务、感激、请求、谢意等，并把它们从他们之间驱逐。从本质看，他们之间的一切——愿望、思想、观点、女人、孩子、财产、荣誉和生命——都等同于共有的，他们和谐一致，亚里士多德的定义是正确的，他们是两个躯体共有一个灵魂。所以说，他们不可能借给或送与对方任何东西。正是基于此，为使婚姻与这种友谊存在某些假想中的相似，立法者们禁止夫妻之间相互赠予，希望由此确定，一切都属于夫妻双方，没有任何东西可以分开各有。在我所说的友谊中，要是一方可以帮助另一方，那么接受好处的一方同时也给了同伴恩惠。因为双方都想为对方效劳，这愿望比做其他事的愿望强烈百倍，所以提供效劳机会的人便是豁达的人，帮助朋友实现他最想做的事，就是施恩于朋友。哲学家第欧根尼缺钱时，他不是向朋友借钱，而说向他们讨债。为了证明这一点的真实性，我要举一个古代的颇为传奇的事例。

科林斯人欧达米达斯有两个挚友：卡里塞努斯和阿雷特斯，前者是西息昂人，后者是科林斯人。欧达米达斯死前穷困潦倒，而他的两个朋友都家境富裕，他就立下遗嘱："我把给我老母养老送终的责任遗赠给阿雷特斯，把操持我女儿婚事的责任遗赠给卡里塞努斯，要求他尽所能给她置办一份丰厚的嫁妆。他们中若有一方先于要做的事而去世，活着的一方接管他的责任。"最先看到遗嘱的人对此付之一笑，可是他的嘱托人得知后欣然接受了遗嘱的内容。其中一位，卡里塞努斯，五天后去世了，他的责任就由阿雷特斯承担。他细心赡养朋友的老母，并把他的五塔兰财产留下一半给自己的独女，另一半给欧达米达斯的女儿做嫁妆，并在同一天为她们举办了婚礼。

这个例子足以说明我的论点，唯有一点不足，那就是朋友的数量多了一个。我所说的那种完美的友谊，是无法分割的；双方都把自己的一切献给对方，毫无剩余可以分给其他人了；而且，他依然不无遗憾，因为自己不能变成两个、三个、四个，没有更多的灵魂和意志可以用来奉献给他的朋友。一般的友谊是可以多人分享的：你可以喜欢这个人相貌英俊，那个人性格和善，喜欢这个人心如慈父，那个人有情似手足，等等。但我说的那种友谊，绝对掌控和统治着我们的灵魂，是无法同第三人分享的。要是那样的话，两个人同时来找你帮忙，你该帮谁？要是他们让你做的事南辕北辙，你先南，还是先北？要是一位朋友给你讲了一件必须为他保守秘密的事，而另一个必须知情，你该不该告密，要是你的友谊是唯一和根本的，那就避免了其他一切义务。我发誓保守的秘密，我就信守誓言，不会讲给我以外的任何人听。一个人一分为二，那就是惊天的奇迹了；有些人吹嘘一分为三，那就是不知天高地厚了。只要存在相同的，就不是独一无二的。有的人假定，我会将同等的爱给予两个朋友，他们会像我爱他们那样互敬互爱，并一样爱我。像他这样的假定是把唯一和单一的东西成倍复制，变成了团队，而这种东西哪怕创造一个也是难于登天的。

除了这点不足，那个故事和我说的友谊十分相符：斯巴达国王欧达米达斯在临死时让朋友为他效劳，作为给予朋友的恩惠和厚意，他让他们分享获得的财富是他的慷慨，也就是把他们为他效劳的详细方法交到他们的手里。毋庸置疑，对比阿雷特斯的处境，友谊在他的处境下展现的力量要强大得多。不过，没有尝过这种友谊滋味的人是想象不到的。我特别赞赏一个年轻士兵给居鲁士一世的答复：他的马刚刚在比赛中拔得头筹，居鲁士问他是不是愿意用他的马换取一个王国，士兵却说："当然不，陛下，但我愿意用它来换一个朋友，要是我能找到一个值得交往的朋友的话。"

"要是我能找到"说得太好了！找一些适合于泛泛交往的人并不困难，但我们渴望的交往，必须敞开心扉，毫无保留。一切动机就都要明明白白，踏实可靠。

在夹杂着利益和友谊的关系中，如果有一端与我们相干，那么，只需防止这一端不出问题就行了。我不必操心我的医生或律师信仰什么宗教，这件事同他们作为朋友为我效劳毫无关系。我与仆人的关系也一样。我不会关心某个仆人有无廉耻，而是他勤不勤快。我不怕车夫贪玩，而怕他做出傻事，不怕他话语粗俗，而怕他愚昧无知。我不想教训别人，管这个闲事的大有人在，我只想告诉人们我的做法。

这只是我的做法，你有权按照你的想法去做。

——泰伦提乌斯

在餐桌旁，我喜欢不拘小节，开开玩笑，而不是一脸严肃；在床上，我喜欢躯体美甚于心灵美；在交际场合，我倚重有本事的人，哪怕他并不正直。在其他方面也是如此。

阿戈西劳斯二世和他的孩子们玩骑马游戏时，被人看见，他请求那人在成为父亲之前不要对此事妄加评论，他认为只有等那人拥有了迷恋的东西，才能对此事做出公正的评价。我也渴望与尝试过那种至高友谊的人交流心得。但我深知那种友谊与传统习俗天差地别，寥寥无几，所以，我并不奢望能找到一个公正的裁判。关于这个话题，古人有过许多思索，但与我的感觉相比，都显得微不足道。在这一点上，事实胜过一切箴言：

对于思想健康的人，什么也比不上一个令人愉快的朋友。

——贺拉斯

古人米南德不无惋惜地说，只要遇到朋友的影子，就算幸运的了。当然，他有理由这么说，他曾经有过这样的友谊。感谢上帝，我的生活愉快安逸，除了失去那位朋友使我倍感伤心外，我无忧无虑，安心自在，因为我满足于自然和原始的需要，从不去奢求其他。但是，坦白地讲，要是同与那位朋友愉快相伴度过的四年相比较，我的其余人生不过是一团烟雾，是一个漫长、昏暗而无聊的夜。从他离去的那天起，

那是无比残酷、永远值得纪念的一天（神啊，这是你们的意愿）。

——维吉尔

我就没了灵魂，苟延残喘；寻欢作乐非但不能令我欣然，反而加深了我对他的思念。从前我们一切都是对等分享，如今我被偷走了他的那一半。

我想永远放弃快乐，

因为他已不再分享我的生活。

　　　　　　　——泰伦提乌斯

　　我已经习惯于时时刻刻都是一半，我能感受得到，我的
另一半已不复存在。

　　啊！命运已把我灵魂的另一半夺走，

　　剩下的一半我不再珍爱，对我毫无意义，我还活着做
什么？

　　　　你死的那一天我已不复存在。

　　　　　　　——贺拉斯

　　不管我想了或做了什么错事，我都会责怪他，就好像
他处在我这种情况下也会这样做似的。在能力和品德上，他
超过我千百倍，同样，在尽友谊的义务上，他也会做得比
我好。

　　　失去你是多么的不幸，兄弟！

　　　你的友谊给我带来无限快乐，

　　　这一切都随你的消失而消逝！

你走了，我的幸福随之破灭，

你的坟墓取走了我们共有的灵魂。

我整日浑浑噩噩，思维懒散，

闲暇时间再也无心读书求学，

难道再也不能同你说话，

再也听不到你的声音？

啊！比我生命更珍贵的兄弟，

难道永远爱你也见不到你了吗？

——卡图卢斯

然而，我们要听一听写那篇论文的我的朋友——当时还是十六岁的少年，他的心声。

我发现，那篇论文被某些居心不良的人利用了，那些人企图扰乱和变更现行的国家秩序，却不掂量自己几斤几两。夹杂自己写的文章一起出版。所以，我被迫改变初衷，不必将它完全列出。为了使尚未深入了解拉波埃西的思想和行为的人对他保有美好的记忆，我要说明，这篇文章是他少年时完成的习作，论述的话题不无特别，在许多书中都能找到。他所写的东西与他所想完全一致，这一点我是可以确定的，因为他做事非常认真，甚至在做游戏时也从不说谎。我还清楚，要是可以选择的话，他更希望生在威尼斯，而不是萨尔拉；这当然是有理由的，可是别忘了，在他的信中还铭刻着另一条人生格言：绝对服从家乡的法律。没有人比得他安分守己，也没有人比他更想要国泰民安，更痛恨时局不稳。一旦发生骚乱，他只会不惜性命去平息，绝不会做火上浇油的事情。他的思想是按前几个世纪的楷模铸造成的。

可是，我仍想用他的另一部作品来替换这篇论文的严肃内容，它和《论自愿为奴》写于同一时期，但更加轻松欢快。

译注
....

1. 阿里奥斯托（1474—1533），意大利诗人，代表作《疯狂的罗兰》。

十九

论节制与适度

在触摸东西时，我们的手仿佛带着邪气，原本美好的东西一经我们摆弄，就变得丑陋不堪。如果我们过分热切强烈地将德行拥进怀中，那么这德行就会在我们的搂抱下变成恶行。居然有人说，德行再多也绝不为过，因为过分了就算不上德行了。人们嗤笑这样的话：

> 行善积德过了头，
> 常人就会变成疯子，
> 君子就会变成小人。
>
> ——贺拉斯

这是极为微妙的哲学。真善可能过分，正如用药亦可能过度。这正好应和了一句圣徒的话："不可以过分明智，只可以适度明智。"

我曾经见过某位大人物为了显示自己比同道们更加虔诚，而损害了自己信奉的宗教的名声。

我赞赏随和中庸的人。过分地追求美善，即便不令我厌恶，也令我惊讶，真不知该认为它是好还是坏。以我看来，不管是博萨尼亚斯的母亲，还是独裁者波斯图缪斯，他们根本不是奉行道义，简直是莫名其妙。那位母亲迫不及待下令，带头处死自己的儿子；波斯图缪斯的儿子年轻气盛，擅自领兵冲出兵阵，成功扑向敌人，却被他的父亲处以极刑。这类野蛮而又代价高昂的行为，我是不会提倡的，更不愿仿效。

脱靶的射手与射不到靶子的射手一样，都算未命中；突然性迎上强光与一下子陷入黑暗效果一样，都会令人眼睛不适。在柏拉图的对话录中，加里克莱说过，过分的超脱有害无益，劝人不可迷信超脱而逾越好坏的界限。超然洒脱惹人喜欢，恰当得体，可超脱过分终会落得个性情乖戾，恶癖缠身，使人蔑视宗教法律，远离礼仪交往，厌恶寻欢作乐，无心打理公务，遗忘助人为乐，只能自绝死路。他说得一点不假，因为过分的超脱会束缚我们坦诚的天性，用令人生厌的玄奥言语蛊惑我们偏离那条造化为我们开辟的光明正途。

我们疼爱妻子是再正当不过的事情，神学却要加以约束和节制。我记得,我曾在圣多马著作中的一处谴责近亲结婚的论述里,看到过对此行为的重要解释:对如此一位妻子的疼爱会有难以节制的危险。要是丈夫的爱已经达到了应有的完美,再将亲情附上,这份超额的情感无疑会让他挣脱理性的限制。

在神学、哲学之中,规范男子品行的条款涉及一切的一切。不存在任何个人的秘密行为逃脱其洞察和评判。谴责神学、哲学恣意妄为的人实在是一知半解。女人们可以绘声绘色地讲述她们过去同男孩子如何嬉戏,却羞于去讲述如何照料丈夫。因此,要是还有人对妻子过分迷恋的话,我要替她们说上几句告诫丈夫的话:如果他们与妻子行房却不加节制,他们从中得到的乐趣是应该受约束的;他们还有可能做出违背情理的事,比如放荡不羁、纵欲无度等。在这点上,我们因为原始的冲动而做出的轻浮举动,是对我们的妻子的失礼和伤害,但愿她们所遇到的厚颜无耻的人或事中,不包括她们的丈夫。她们对我们的欲求总是充分满足的。我在房事上的行事原则是自然而简单。

婚姻是严肃、虔诚地结合。这就说明,婚姻附带的乐趣应该是有节制的、稳重的,并且略有几分平淡;应该是较为慎重、认真的。因为婚姻的主要使命是繁衍后代,有的人就会产生疑问:要是我们不想生儿育女,要是妻子已到了更年

十九
论节制与适度

期或者怀了孕，那是否还允许将她们拥入我们的怀抱呢？对此，柏拉图明确说过，这样做是在行凶杀人。有些民族，特别是穆斯林，十分憎恶与孕妇同房，也有一些民族反对与经期中的女子同房。叙利亚王后芝诺比娅亲近自己的丈夫只是为了生儿育女，达到目的后，她在整个怀孕期就任他自寻乐趣，要受孕时才再招他来行房。这是值得称颂的、崇高的婚姻典范。

　　下面的故事是柏拉图从某个穷极无聊、色魔般的诗人那里引用的：有一天，天神朱庇特急不可耐地撩拨他的妻子，等不及她躺上床，就将她按倒在地；强烈的快感让他将刚刚在天宫里与其他神祇一起做出的重大决定抛在脑后，还感慨说，这次就像他瞒着她的父母第一次与她做爱一样痛快。

　　波斯的国王们让嫔妃一同出席宴会，一旦他们喝得起劲、将要开怀畅饮的时候，他们会将她们送回后宫，不让她们看到他们暴饮暴食的丑态。随后，他们招来无须如此尊重对待的侍女作陪。

　　乐趣并非谁都能享有，赏赐并非谁都能得到。伊巴密浓达下令逮捕一名浪荡青年，佩罗庇达请求看在他的面子上饶恕浪子。伊巴密浓达拒绝了他，却把这个面子给了同样求情的佩罗庇达家族的一个女孩，并说明这个面子是给朋友的而不是给部下的。

索福克勒斯在军机处陪同伯利克里，看见一个英俊的青年走过。他对伯利克里说："啊！好漂亮的小伙子！"伯利克里却对他说："这对别人无所谓，但对一位军事官员却不是。他不仅双手要干净，双目也要纯洁。"

罗马皇帝埃利乌斯·维鲁斯的皇后抱怨他随意临幸其他女人。他却解释，他这么做的动机是真诚的，因为婚姻象征荣誉与尊严，不可嬉闹和淫乱。古代经书的作家曾经推崇一位妻子，她不愿陪丈夫纵欲而将他赶出了家门。简言之，世人公认，任何正当的求欢取乐，一旦过分和无度都该受到责备。

可是，坦白地说，人类难道不可悲吗？我们出于天性，难以做到始终满足于单一的乐趣，况且我们还会煞费苦心地用理智去压制这个乐趣。要是不人为地、刻意地将自己弄得越加可悲的话，人类不是很卑鄙的。

我们在人为地将我们的命运弄得更悲惨。
——普罗佩提乌斯

人类的智慧总是愚蠢而又不断创新地设法减少和淡化我们应享受的快乐。同时，它也在巧妙而又取悦大众地制造各种假象，以美化和掩饰丑恶，使我们对它变得麻木迟钝。假使我是元首的话，我就会采用其他更为自然的方式。依我

十九
论节制与适度

看，那是正当而神圣的，也许会赐予我足够的力量将这种智慧加以制约。

尽管治疗我们身心疾病的医生们好像一起商量过，除了痛苦、折磨和变相处罚外，找不出任何有效的方法和药物，来医治我们的身心。可是，他们为此发明了许多制造痛苦的手段，这是千真万确的。造成的痛苦更令人发指，比如，剥夺睡眠、禁食、痛苦刺激、放逐和隔离、长期关押、杖责，等等。千万别再出现施加在加里奥身上的那种惩罚了，他先是被放逐到莱斯博斯岛上，罗马人接到报告说他在那里过得很舒服，原本给他施加的处罚变成了恩赐。于是，他们改变主意将他召回，叫他回家和老婆一起生活，禁止他离开家门，目的是让他遭受被罚者应有的痛苦。这就像是对于忍饥挨饿能使身体更加强健的人，对于吃鱼比食肉更香的人，不给饭吃和只给鱼吃已经失效了。同样，国外有一种医道指出，对于喝药喝得津津有味的人，药剂失去了原有的疗效。味道苦涩且难以下咽，是促使药剂产生效果的先决条件。给用惯大黄的土著人用大黄是一种浪费，治疗胃病的药往往伤胃。以上可以归结为一条普遍规律，凡事都有其克星来整治，正所谓以毒攻毒。

这种观点与古代的一种做法有些相似，那就是人们想出来用牺牲与杀戮来祭祀天地的做法。在所有的宗教里，这种做法普遍受到欢迎。远在上古时代，在攻占希腊科林斯城时，阿穆拉杀死了六百希腊青年，以祭祀其父的亡灵，让这些青年的鲜血变成死者救赎的祭品。在我们这个时代发现的新大陆，与我们的旧世界相比，还是块原始的处女地。在那里，这种做法随处可见。他们的崇拜统统都浸透人血，骇人听闻的例子举不胜举。他们将活人焚烧，烧到一半又从火中取出剜心剖腹。他们活剥人皮，甚至是妇女，血淋淋的人皮被他们用来做衣服或者面具。

那里也有坚贞不屈的例子。一批可能充当祭品的可怜的老弱妇孺，提早几天主动要求准许他们奉献自己作为牺牲品，并同在场的人一起唱歌跳舞以等待刑罚。墨西哥国王的使臣曾向费尔南得·科尔泰讲述他们的君主的伟大，说他有三十位封臣，每位都可以召集十万战士；说他住在天下最美丽、最坚固的城池；还说他每年会向各路神明献上五万人做祭品。的确，神明降临是为了有战俘作为牺牲。在另一个城镇，为了欢迎上述那位科尔泰，镇上的人一次杀了五十个人牲。

这个故事我还没讲完。有的民族被墨西哥国王打败后，派遣使者向他谢罪并寻求友谊。使者们向他献上三件贡品，说："主上啊，如果你是个吃肉喝血的凶暴天神，那就请你将这五名奴隶吃了，我们再给你多送些来；如果你是个仁厚的天神，那就收下鲜花和羽毛；如果你是个人，就请收下猎物和果品。"

十九

论节制与适度

二十

命运的安排

往往与理性不谋而合

命运的反复无常给我们留下难以捉摸的印象。可是，在世界上，还有比命运的安排更加精准的报应吗？瓦朗蒂努瓦公爵与他的父亲教皇亚历山大六世一起，受邀去梵蒂冈科尔内特的红衣主教阿德里安家中共进晚餐。公爵预谋毒杀这位红衣主教。他事先送去一瓶毒酒，并叮嘱膳食总管妥善保管，教皇比他儿子先到一步，到了就要喝酒。膳食总管误以为那瓶交给他保管的酒是瓶好酒，所以就拿给教皇喝。公爵在上点心的时候才到，他满以为管家不会打开他的那瓶酒，所以也跟着喝了。结果，教皇暴毙；公爵呢，命运比他的父亲更加悲惨，受到剧毒的长期折磨，直到死亡。

命运有时在关键时刻戏弄人类。旺多姆殿下的执旗手德特雷爵爷和达斯科公爵的随从副官里克爵爷虽然隶属于不同的部队，但同时爱上了冯凯泽尔爵爷的妹妹。最终，里克爵爷赢得了小姐的芳心。但是在结婚的当天，就在进入洞房之

二十

命运的安排往往与理性不谋而合

前，新郎精心设计一场好戏来讨好新娘，他离开家到圣奥梅尔附近与敌人作战，结果却惨败在德特雷爵爷手下，沦为俘虏。德特雷爵爷炫耀这场胜战，新娘

> **不得不离开年轻丈夫的怀抱，**
>
> **等待那一个又一个严冬，**
>
> **经过漫漫长夜尽显它们的威风。**
>
> **——卡图卢斯**

被迫低声下气地去向他恳求，释放他的俘虏。德特雷爵爷这样做了，因为法国的贵族无法拒绝女士们的任何请求。

海伦娜的儿子君士坦丁一世创造了君士坦丁帝国，但在几个世纪之后，另一个海伦娜的儿子君士坦丁十一世将帝国断送。这难道不像人为安排的结局吗？

通常，命运的巧妙安排往往胜于人间奇迹。不知你们是否记得，克洛维斯国王围困昂古莱姆时，幸亏上天的保佑，城墙竟然自己塌了。布歇援引一位作者的话说，罗伯特国王在围困一座城市的时候，离开前线去奥尔良庆祝圣埃尼昂节，因为他的这份虔诚，在进行弥撒的过程之中，被围城市的城墙不攻自破。在米兰战役中，命运对一切都做了截然相反的安排。在保卫阿罗纳城时，我们的统帅朗斯让人在一大

段城墙根埋下炸药；城墙被炸得突然拔地而起，但整个城墙又直直地落了回去，并没有重创被围困者。

有时候，命运的安排还能救死扶伤。亚逊·费雷斯胸口长了个脓疮，医生们诊断他已经无药可救。他急于摆脱脓疮的折磨，索性想一死了之。于是，他投入战斗，奋不顾身地冲进敌群。战斗中，他身上负伤，但伤得恰到好处，刀尖将脓疮扎破后竟然痊愈了。

难道命运的安排不比画家普罗托盖奈斯更技高一筹吗？他画完一只疲惫不堪的狗，其他部位都很满意，唯独狗嘴上的垂涎画得不合心意。他十分恼火，便抓起蘸了各种颜料的海绵块向画摔去，想把画毁掉。命运的安排巧妙而恰当，海绵块正好摔在狗嘴上，在那里印下了人为画不出的痕迹。

有时候，命运的安排不是在改变和纠正我们的计划吗？英国女王伊莎贝尔带着拥戴她儿子、反对她丈夫的军队离开泽兰，并打算回国。她若是在原定计划的港口登陆，那就会招致毁灭，因为敌人正守候在那里。但命运的安排却无视她的意愿，将她抛到了别处，使她得以安全登陆。因此，那位用石头砸向狗却砸死继母的古人，念出的那句诗不是很有道理吗？

二十
命运的安排往往与理性不谋而合

命运的观点比我们更准确。

——米南德

伊塞特找来两名士兵，密令他们刺杀在西西里的阿德拉纳逗留的蒂莫来翁。他们约好趁他献祭时动手。两名士兵混进人群，正当他们互递眼色，示意那一刻该动手行刺的时候，突然杀出第三个人，向其中一个士兵头上猛砍一剑，将他砍死后拔腿就跑。那同伙以为计划败露，吓得跑到祭坛求饶，并坦白交代了一切。正当他供认不讳的时候，那杀人者已被捕，被人当成凶手推搡着穿过人群，向蒂莫来翁集会上的显贵走去。到了那里他大呼饶命，说他杀死的是他的杀父仇人。他运气极好，有证人证明，他的父亲确实是在列奥蒂尼城被死者所杀。他在为父报仇的同时，还幸运地救了所有西西里人的长老，因而得到一千雅典银币的奖励。在这个故事里，命运在因果报应上的安排，超越了人类智慧的范围。

根据上面说的这件事，我们不是可以清楚地看出，命运是在精确地安排它特别的恩惠、善意和仁慈吗？罗马三巨头宣布，伊格纳蒂乌斯父子在罗马不受法律的保护。父子二人决定采取勇敢的方式自尽，互相借助对方之手结束生命，以使残暴的专制统治者无法遂愿。他们手握利剑奔向对方，命运引导剑锋，双双击中致命的部位；但对于这般美好的父子之情则给予尊重，以致他们刚好还有力气抽回握着宝剑并沾满鲜血的手，然后紧紧地拥抱在一起。他们的拥抱如此有力，以至于刽子手们不得不将他们的头颅一起砍下，让身子永远抱着，成为一个崇高的结。他们的伤口紧紧相贴，互相深情地吮吸着对方的鲜血和仅存的一点生机。

二十
命运的安排往往与理性不谋而合

二十一

谈着装

无论我们到哪里去，也不管我们去干什么，都要碰到衣着方面的麻烦，它总是会妨碍我们。我想问，在这寒冷的季节里，新近发现的那些种族一丝不挂的习俗——据说印第安人和摩尔人就是如此，究竟是因为气温高无法适应而形成的呢，还是人类最初就是如此？《圣经》说，世间的一切都受同一法则的支配。所以，聪明的人在研究这些法则时——其中包括区分自然法则与人为捏造的法则——总是注重世界内在的普遍规律，那是无法弄虚作假的。目前，在其他生物身上，保护自己生命的手段应有尽有，唯独我们是劣质品，不靠外界的帮助就无法生存，这实在是讲不通。因此我敢断定，既然农作物、树木、动物以及一切有生命的物种天生就有足够的遮蔽物保护自己不受恶劣天气的侵害。

二十一
谈着装

> 几乎所有的生物身上都有皮、发，
>
> 表面覆有甲壳、胼胝或硬皮。
>
> ——卢克莱修

那么人类原本也该有的。不过，就像用人造的灯光遮蔽了日光那样，我们用外界的事物破坏了我们自身的本能。有一点是不可否认的，那就是衣服将我们的能力削弱了。因为，在那些不知衣服为何物的民族之中，有几个与我们几乎处在同样的环境里。此外，我们的眼耳口鼻这些身体最娇嫩的器官，都是暴露在外的；我们的农夫和祖先胸腹也是裸露的。要是我们生来就穿短裙或短裤的话，大自然必然会给我们现在饱受气候侵袭的部分，罩上一层跟我们的手心和脚底一样的厚皮肤。

这真的那么难以置信吗？在我看来，我与家乡的某个农民在衣着上的差异，要远远超过他与一个身无寸缕的人之间的差异。

有很多人，特别是土耳其人，是因为信仰而不穿衣物的。

有人曾经遇到这样一名乞丐，在冬天他只穿着一件衬衣，却和貂皮裹到耳朵的那群人同样有精神，便问他是怎样忍受寒冷的。"您看，先生，"乞丐回答说，"您的脸上什么也没罩着啊，可您的脸不怕冷，我的全身都跟脸一样。"讲起佛罗伦萨公爵的小丑时，意大利人是这么说的："公爵问他的小丑，穿得如此单薄，怎么禁受住连他都受不了的严寒？"小丑说："如果您照我说的去做，我把我所有的衣服都穿在身上了，如果您也穿上您所有的衣服，就能同我一样不怕冷了。"马西尼萨国王直到八十高龄，不管严寒酷暑还是打雷下雨，从来不戴帽子。据说，塞维吕斯皇帝也这样。

希罗多德和其他一些人都曾发现，在埃及人与波斯人的战争中，那些死去的人里埃及人的头颅比波斯人的硬得多。原因是，波斯人从小就戴帽子，长大后还要用布裹头；埃及人从小就剃发，也从不裹头戴帽子。

阿戈西劳斯国王一直到老都坚持冬夏两季穿同种衣服。苏埃东尼记载，恺撒总是走在队伍的最前面，并且经常徒步行军，无论晴天下雨，总是光着脑袋。据说，汉尼拔也这样。

那时，他光着脑袋，任凭那大雨倾盆，天降洪流。
——西利乌斯·伊塔利库斯

一位在勃固王国待了很久的威尼斯人从那里回来时，他

二十一
谈着装

介绍说，在那里的男男女女都赤着脚，骑马时也一样，全身的其他部分却都遮得很严。

柏拉图曾经想到一个办法，为了全身的健康，他倡导人的头和脚除了自然的保护以外，不应该再有别的遮蔽物。

那位继我国国王之后，被波兰人推选为国王的人[1]，实在是这个世纪最伟大的亲王了。无论冬夏，他从不戴手套，从不换下他在室内所戴的帽子。因为我自己不愿解扣敞怀，致使我身边的农民也不好意思去做了。瓦罗[2]说："与其说我们在上帝和法官面前脱帽行礼是为了致敬，倒不如说是为了健康，使我们更能忍耐恶劣的天气。"

既然现在天气寒冷，法国人又习惯穿各种颜色的衣服（我是特例，因为我跟父亲一样只穿黑或白色的），那我就说点其他的事。军事长官马丁·杜·贝莱说过，在出征卢森堡时，他真正见识了严寒的威力，做军需品的酒事先要用斧子劈开，然后按重量分给士兵，让他们用篮子装走。奥维德也这样说：

酒在坛子的外面仍保持坛子的形状，
那已不是饮料，要切成块儿才能食用。

现在，墨熬堤沼地入海口冻得结结实实的，就在同一地点，米特拉达梯的副手先是与陆地上的敌人开仗并且取得了胜利，到了夏天，他又在那里赢得了与相同敌人的一场海战。

在普莱桑斯附近与迦太基人作战时，天气对罗马人有很大的不利，他们冲向敌人时被冻得血液凝固、四肢僵硬；而汉尼拔则在军中生火给士兵取暖，并且按队分发油脂，让士兵涂抹，以使他们的肢体更加灵活，堵塞毛孔，来抗拒寒冷。

希腊人从巴比伦撤退的行动，因为必须克服诸多艰难困苦而闻名。在这次撤退中，他们在亚美尼亚的山区遭遇暴风雪袭击，迷失了方向，不知身处何地。不久后，军队被敌人包围，因为缺乏食物，他们杀死了大多数战马。士兵之中，有的死去、有的被冰块反射的强光刺瞎了双眼、有的积劳成疾、有的虽然神智依然清醒，但四肢早已被冻僵。

亚历山大曾经到过一个国家，那里的人们为了防止果树被冻伤，冬天就将它们埋在土里。

说到穿衣问题，墨西哥国王一天要换四次衣服，他脱下的衣服被用来布施或赏赐而绝不再穿。他厨房里和餐桌上的壶罐杯碟以及其他餐具也不会用第二次。

二十一
谈着装

译注

....

1. 指法国国王亨利三世，1573 年当选为波兰国王，不久又继承他的
    二哥查理九世的王位，当上法国国王。
2. 瓦罗（前 116—前 27 ），罗马作家、学者，代表作《论农业》。

麦穗至
成熟饱
满时

....

Les
Essais

二十二

我们为何因同一件事
而悲喜交加

历史书中记载，安提柯对儿子大为不满，因为他献上了在战斗中刚刚被杀的敌人——皮洛斯国王的首级。看到国王的头颅，安提柯大哭起来。勒内·德洛林公爵在击败查理·勃艮第公爵后，对后者的死深表惋惜，并在葬礼上为他服丧。此外，在奥雷战役中，蒙福尔伯爵战胜了与他争夺布列塔尼公爵位置的查理·德布鲁瓦，他见到对手的尸体也深表哀悼。看到这些，我们不必发出意外的惊叫：

就这样，普天之下，
心灵都在以忽而兴奋忽而阴郁的面孔，
掩饰其截然相反的感受。

——彼特拉克

二十二
我们为何因同一件事而悲喜交加

有人将庞培的首级献给恺撒，他不忍去看，立刻别过脸去。他们曾长期协同合作，共掌国事，多少次命运相关，彼此结盟效力，因此我们不应判定，他的这个举动像下面那位认定的那样，是完全虚假的、刻意伪装的：

> 他以为他能够安然担当岳丈，
>
> 他的眼泪是强挤出来的水，
>
> 他嘴上哀叹，心里乐开了花。
>
> ——卢卡努斯

因为，尽管我们的大部分行为的确是面具和伪装，有时也真的会存在这样的情况：

> 继承人的哭泣乃是被粉饰一新的欢笑。
>
> ——普布里乌斯·西鲁斯

无论怎么说，要评判上面的是与非，就必须考虑，我们的心灵为何经常受到各种感情的困扰。据说，同我们的躯体一样，心灵也会存在各种不同的情绪。随着我们性情的变化，其中起着支配作用的那一种情绪往往变得更加重要。因此，在我们的心里，虽然有扰乱这一情绪的种种冲动，但必然有一种冲动能自主地发挥功效。只是，它并不占据绝对的优势。因为我们的心灵十分善变，那些最无力的冲动有时还会卷土重来，带来一次短暂的冲击。

因此，我们发现，不仅是天真烂漫凭着本性做事的孩子会为同一件事又哭又笑，我们之中的任何人，无论他心甘情愿地外出做什么旅行，他都不敢宣称，在离开家人和朋友时，自己的勇气没有一丝动摇。即便他的眼泪仍含在眼眶里，在他把脚伸进马镫时，他的脸上至少会生起阴郁和不快。无论有一种怎样高尚的爱，可以温暖高贵的姑娘们的心灵，人们还是得将她们从母亲的脖子上拉下来，以交给她们的丈夫，而无视下面这位好心的同仁说过的话：

> 是爱神同新娘们有仇？
> 还是她们那虚假的哭泣在戏弄快活的父母？
> 当泪水流淌在房门口和床榻旁时，
> 请诸神替我作证，她们的眼泪是虚伪的。
>
> ——卡图卢斯

因此，一个所有人都恨不得他死去的人，死后仍然有人痛惜悼念，这是顺理成章的。

当我与我的仆人吵架时，我使出浑身的力气与他争执，

二十二
我们为何因同一件事而悲喜交加

发自内心而不是装腔作势地诅咒他。但等到怒气消去后，一旦他需要我，我仍会乐意施以援助，立刻把上一页翻过去。我骂他笨蛋、白痴，并不是要将这些头衔永远强加给他。有时候，我还称他为正人君子，这也不是想纠正自己的过错。任何一种品格都无法将我们的一切简单地概括。要是自言自语不算疯子的专利的话，没有哪一天人们听不到我骂自己"蠢货"的。但是，请不要以为我就是这么自称的。

谁要是看到我对妻子有时冷若冰霜，有时却爱意浓浓，就以为其中一种是假装的，那他就是个真正的蠢货。尼禄让人溺死自己的母亲，在与她告别时，却震惊于此次与母亲的诀别，于是产生了敬畏和悲悯。

据说阳光并不是连续的，太阳持续地将新的光芒一波接一波密集地投向我们，以至于我们无法察觉其中的间隔。

太阳这永恒的能量之源、这烈火的洪流，

天空被你点亮，

持续地射出一束又一束的光芒。

——卢克莱修

我们的心灵也是一样，以不同方式悄然生成新的奇思妙想。

阿尔塔巴努来到侄儿泽尔士的身旁，责问他为何突然神情突变。泽尔士正在观看他那规模庞大的军队渡过赫勒斯滂海峡，去攻打希腊。看到成千上万的人为他效命，他先是一阵兴奋，脸上流露出活跃而快乐的表情，可同时他忽然想到，至多在百年后，那么多生命将要消逝，不禁皱起了眉头，伤心地掉下了眼泪。

我们坚定不移地洗刷曾经遭受的耻辱，并为胜利而欢欣鼓舞，可是现在我们则为之哭泣。我们并不是为胜利而痛哭。事情没有发生任何变化，只是我们的心灵在以另一种视角看待它，从另一个侧面去回顾它。因为每件事情都有多个侧面，多个方向。亲情和友谊都会影响到我们的想象力，会依据各自的分量在此刻激发我们的想象。然而，它们的整体形象却忽隐忽现，令我们难以把握。

> 迅捷快速，莫过于思想的闪念、行为的端倪，
> 故思想之快，超越任何物体，
> 因为物体即可见，亦可触摸。
>
> ——卢克莱修

二十二

我们为何因同一件事而悲喜交加

因此，要想奢望在这堆盘根错节的事物中保持其不发生改变，我们必然会出差错。当蒂莫莱昂为他犯下的动机高尚且深思熟虑的谋杀而哭泣时，他不是在为祖国的自由而哭，也不是在为一个暴君而哭，而是在为他的兄弟而哭。他履行了他那一部分的义务，我们就允许他履行剩下的一部分吧。

二十三

荣誉不能分享

人们活在世上，最渴望追求的无非是名望和荣誉。人们百折不挠，甚至不惜财产、安宁、健康与生命，放弃这些实用和根本的东西，去追逐那百无一用的虚名以及那虚无缥缈的魅惑心灵的声音。

> 名声听起来那么好，
>
> 这天籁般的声音，不过是一声回响，
>
> 如影子般的虚无缥缈的梦境，
>
> 微风吹过，它就烟消云散，踪迹全无。
>
> ——塔索[1]

因此，囿于人类这种全无理性的倾向，连哲学家们也会为名声而犹豫徘徊，不舍丢弃。

这是最难变通、最为顽固的倾向。

二十三

荣誉不能分享

因为它不断地诱惑人类，甚至包括明白事理的人们。

——圣·奥古斯丁

在谈论名声时，很少有人能够清晰无误地指责其为一种虚荣。但是，它在我们的身上根深蒂固，我从未听闻有人曾干净彻底地摆脱过它。在你为了否定它而发布宣言之后，它又会让你无视曾经的言论而悄悄喜欢上它，让你对它无可奈何。

因为，就像西塞罗所说的，即使是批判名声的人，也想要在他们所著的作品扉页上印有自己的名字，想要凭借自己蔑视荣耀的行为而获得荣耀。在人际交往中，其他一切都无足轻重；为了帮助朋友，我们可以不惜财产，甚至生命；但是，如果要与他人分享荣誉，或将荣誉让给他人，就很难办到了。不过，也有这样的事情。

在同钦布里人作战时，卡图鲁斯·卢塔蒂乌斯竭尽全力，却仍旧无法阻止士兵们临阵脱逃。后来，他无奈地与士兵们一起逃跑，装出胆怯的样子，目的是让士兵们看上去好像是在追随他们的统帅，而不是溃逃。这是牺牲自身名声来掩饰他人耻辱的例子。

据说，查理五世在一五三七年进攻普罗旺斯时，安东尼·得莱福察觉到他的国王已决心要进行此次远征，也认同此行对国王来说是件无比荣耀的事，可他却提出了反对意见，劝阻国王发兵。这种做法的目的是使他的国王独享做出英明决断的荣誉，让人们赞颂国王多么英明神武，能够力排众议创造美好的功绩。这件事使他的国王名誉大增，却损害了他自己的名誉。

在布拉齐达斯死后，色雷斯的使节们为了安慰他的母亲阿基利奥尼德，打算大肆宣扬对他的赞颂，甚至宣称从此再无人可以与他媲美。阿基利奥尼德不赞同这种出于私心的赞颂，反对它的宣扬。她严正地说："请不要对我这么说，我清楚斯巴达城里有很多人比他更勇敢、更伟大。"

在克雷西战役中，年轻的英国王储率领先锋部队出战，大战的序幕就此拉开。随行的爵爷们意识到战局艰难，请求爱德华国王派兵增援。国王询问儿子的现状，传信人回答说："王子还活着，并且依然能够骑马指挥作战。"于是，国王说："这场战役他坚持了这么久，我现在去夺走他的功劳是在害他。无论有多么危险，胜利终将完全属于他。"他没有亲自前去，也没有派兵。因为他知道，假如他去了，人们就会认为没有他的救援王子早已战败，这份功劳也就会落到国王的头上。

确实是这样，全部任务仿佛总是最后的增援者独自完成的。

——李维

二十三
荣誉不能分享

多数罗马人认为，并且传言，西庇阿的丰功伟绩有一部分应当归属莱利乌斯。可是，莱利乌斯总是竭力维护并提升西庇阿的地位和威望，完全不顾及自己。

有人奉承斯巴达王泰奥鲍普斯说，国运昌盛是因为他治理有方，他却自谦地说："倒不如说是因为人民善于服从。"

继承了贵族爵位的女人虽说是女性，但有权参与贵族权限范围内的事务并发表见解。同理，教会中的贵族虽说是教士，但有权利在战争中辅佐国王，不仅可以携家人和奴仆们这样做，自己也可以亲自参战。

在布维纳战役中，博伟的主教追随在菲利普·奥古斯特左右，十分英勇地冲锋陷阵。不过，他认为自己不应分享这场激烈的流血冲突的战果和功劳。在战场上，他亲手降伏好几个敌人，并随即将他们交给了他所遇到的战友，任凭他们被处死或沦为俘虏。他一个敌人都没有杀掉。出于良心上的特殊考虑，他宁愿把人直接打死而不是打伤致残。因此，他打仗只用狼牙棒。

我年轻时，有个人受到国王的责罚，理由是那个人动手打了一位神父，他却矢口否认。原来，他的确打了神父，只不过不是用手，而是脚。

译注

1. 塔索（1544—1595），意大利诗人，代表作是叙事诗《被解放的
   耶路撒冷》。

二十三
荣誉不能分享

图书在版编目（CIP）数据

麦穗至成熟饱满时 /(法) 蒙田著；裴泽也译. —
北京：北京联合出版公司，2018.1
ISBN 978-7-5596-0499-6

Ⅰ. ①麦… Ⅱ. ①蒙… ②裴… Ⅲ. ①蒙台涅（
Montaigne, Michel Eyquem Seigneur de 1533–1592）—哲
学思想 Ⅳ. ①B565.299

中国版本图书馆CIP数据核字（2017）第131185号

麦穗至成熟饱满时

作　　者：（法）蒙田
译　　者：裴泽也
责任编辑：喻　静
产品经理：魏　傩
特约编辑：陈　红

北京联合出版公司出版
（北京市西城区德外大街83号楼9层　100088）
北京联合天畅发行公司发行
北京旭丰源印刷技术有限公司印刷　新华书店经销
字数：158千字　880mm×1270mm　1/32　印张：9
2018年1月第1版　2018年1月第1次印刷
ISBN 978-7-5596-0499-6
定价：48.00元